遇見天使
在人間

游巧琳◎著

目錄

推薦序

我的鄰居天使

王華沛

如果你有機會造訪宜蘭縣的溪南地區，順著羅東往三星方向，有一條筆直的台七丙線公路像泰雅勇士的箭搭在外環道的弓上，向西直射而去。本地人戲稱為「羅天公路」，因為這是羅東人往天送埤最暢快的捷徑。經過廣興橋，遠處左邊是開闊的寒溪古魯峽谷，右邊是三星平原；近處公路兩旁盡是翠綠的茄苳樹，樹下還有綿延不絕的杜鵑花叢，矗立在湍急的引水道邊。不到三分鐘的車程，眼前出現一座古老的水車，緩緩轉動，原本亙直的箭會向山邊微微彎曲。就在這個轉彎處，一塊「白日夢」簡餐咖啡的招牌佇立在路旁，指引著人們把眼光投向左前方空曠綠地後面的嶄新建築群，一座融合義大利地中海沿岸風光與蘭陽平原獨特竹圍厝風格的避風港：聖嘉民啟智發展中心。

和聖嘉民結緣是我從事特教工作最美麗的邂逅，打從他們在丸山頭上的時代，就常常前去拜訪。雖然沒有豪華的設備，沒有開闊的空間，也沒有活蹦亂跳的學生，有的只是侷促在斑駁牆下的助行器或餵食椅，陪伴著被緊緊保護著的無邪眼神。但是，這個由義籍神父創辦的教養院，卻有一群本地姑娘加上一位少年郎，為著重度和極重度孩子默默付出青春歲月。不要以為特教老師都是一副愁眉苦臉，在聖嘉民常常是笑聲不絕於耳，所以，我曾戲謔地稱呼他們為「一群不可救藥的樂觀老師」！

在這群工作伙伴裡，巧琳老師最令人印象深刻：不僅是她的駐顏有術：已經在這裡工作十八年，卻沒有被歲月留下痕跡；也常常聽他細述當年如何神勇：跟著呂神父挨家挨戶找學生，剛拿到駕照就上路接學生，還是個未婚的大姑娘，卻要幫大孩子把屎把尿；巧琳老師更難得的是她親切的笑容，爽朗的笑聲和充滿活力的打招呼，不只會教導沒有口語的學生，也會設計生動活潑的課程，指導來訪的大朋友和小朋友如何和聖嘉民學前班的孩子互動！

過年前後，陪伴一群台北來的朋友拜訪剛剛搬進大埔新居的聖嘉民，巧琳老師送給我一本他的處女作：「遇見天使在人間」，我迫不及待的讀完一遍，宋老師說要訂購一批分送親朋好友，就著樣這本書也成為客廳讀書會的一員。

「遇見天使在人間」以散文為主，參雜著短篇小說，我覺得比較像是輕鬆的記傳體，敘說著一個姑娘家把十八年青春歲月獻給一群墜落人間的大、小天使，為一個個天使寫傳記，也為蘭陽平原上這個「阿督仔」依基督的愛所擘畫的家園裡的草木真情留下第一手的紀錄。巧琳老師筆觸清新，修辭婉轉，把一般人直覺裡的髒、亂、臭，點化得那麼真、淡、雅！她把生活當中最平常的事物都寫活了：一枝杏花，一坨黃金，一塊石頭，在她的筆下都是孩子學習成長的痕跡，也是見證人間冷暖的試金石！

我有幸投入特教工作，有幸移居宜蘭而結識一群人間天使，更大的恩典是成為聖嘉民的鄰居。除了感恩先民們為蘭陽留下一片美麗的淨土，更感恩一個個美麗的心靈。拜讀巧琳老師大作之餘，不禁喟嘆：「認真的女人最美麗！」認真地學習，認真地工作，認真地寫作，字字句句，都是感動！

（本文作者王華沛，現職國立台灣師範大學特殊教育學系、復健諮商所 合聘副教授 兼諮商研究所所長）

推薦序

當天使遇到天使

馬藹屏

我不是一個愛哭的人，但看了巧琳老師這二十四篇文章時，我的眼睛數度出汗，但大多卻又是淚中帶笑，或許再加上輕聲的嘆息。

在學校教特殊教育，對於「智能障礙」這一章總是覺得為這些孩子或朋友感到可惜，他們無緣更廣更深地認識這個世界，但同時也為他們慶幸，因為他們無需理會俗世紛擾與不堪。

宜蘭，安靜本分位於台灣的東北角，她的清新脫俗近幾年引來驚艷的目光，但早在驚艷之前，「阿督仔」神父早已在此填磚疊瓦，以啟嘉民，將廢棄的修道院搖身一變，成就了智障孩子及朋友們另一個溫暖的家園，因之，不但天主保佑，菩薩也來共襄盛舉，誰曰不宜？

照顧障礙孩子及朋友是極為辛苦的，凡事都要操煩，面對老阿嬤的堅持，要耐心溝通，遇上火氣很旺的家長要婉言說明，憑良心說，誰沒火氣啊！所以我真是佩服聖嘉民的老師們！他們真的很辛苦，但也有許多旁人沒有的快樂與滿足，學員的小小進步，就可以讓他們樂上老半天！「大便萬歲」於我心有戚戚焉，說個題外話，我家小兒若兩天不大便，我和內人就別說有多擔心了，我三不五時便要當逐臭之夫，聞聞兒子的小屁股，古有明訓，既是逐臭之「夫」，就表示這是為人夫者的份內事，衷心期盼快快可以高呼萬歲。

早期療育及融合教育是特教及幼教的一大進步，可以讓特殊幼兒更早開始接受專業的服務，更可以讓一般的孩子了解，在他們的週遭與他們不太一樣的孩子是很正常的，這兩件事是需要大家更多的關注及投入的，然而，最難的恐怕是觀念的解凍與做法的調整。

巧琳老師在忙碌的啟智臨床工作之餘，不忘進修，又參與宜蘭縣早療通報轉介工作，尤其難得的是，她還能夠記下這些文章。看她的文章是一種享受，她用輕鬆詼諧的筆觸寫下她的所見所思，有笑有淚，也帶著憂心及批判，發人深思，從這本小書中，讀者可以得知聖嘉民如何從無到有、啟智中心的點點滴滴、幼保現場的麟光片羽等不同的向度，並細細品味其中種種。

因緣際會，我成為聖嘉民的好朋友，在我寫此文時，聖嘉民已由冬山丸山上的舊校區遷至三星的新莊園，我突然想起兩千多年前，那個隆冬的夜晚，三位學者正是靠著明亮星星的指引，找到耶穌降生的馬槽。

身為一位教友，我深信天主必將持續守護聖嘉民，而身為身心障礙者，我要說，聖嘉民的天使們很幸運，因為他們遇見了另外一群會照顧天使的天使。

（本文作者為肢體障礙者，現任經國管理暨健康學院幼兒保育系助理教授）

自序

同事都笑我，這本書的誕生，最該感謝的是中心的編輯組。想想也對，瀏覽這本書的前半部，每一個篇章都是因為「應付」每年兩次的「半年刊」而寫，想想光是應付半年刊，而且是躲不掉「緊急追緝」而寫的東西，就能成就一本書，除了讓我具體明白「聚沙成塔」的真義之外，「光陰似箭，歲月如梭」恐怕是另一種令人心懼的體會吧！

十八年前，我來到「聖嘉民啟智中心」，一晃眼，十八年的歲月就此流失。當我在寫這篇「序文」時，佇立在山巔有五十年歷史，並在多年的風風雨雨中依然挺立的榕樹已經被連根拔起，並穩穩地重新被「種」在新家園的一隅，我知道不久的將來枝頭肯定又是另一片新氣象。

我和十八年前一起進來的學生被學生家長們戲稱為「黃埔第一期師生代表」。時光飛逝，當年那群「黃埔生」多數已邁入青壯期，這代表著他們的家長正齒危髮禿，無人能與衰老的自然法則相抗衡。

能力較好，運氣較佳的學生，能在縣內幾所願意接納身心障礙者的工場工作者，曲指可數。但大多數的「黃埔生」，不要說找到工作，就連自身照顧自己的能力都未俱備，這就是讓這群身心障礙兒的家長，抱持著「比他的孩子多活一天，吾願足已」的希望所在。與他們一起相伴多年，有時候我只能默然。

大體上來說，我還是非常「享受」這個單純環境所帶給我的快樂。幾個口語能力還算不錯的大孩子，每天見面的第一句話就是：「巧琳老師，你好美喔！」雖然顯見師生對「美」的定義有懸殊的觀感，但，也挺好的。在這個小山巔，快樂真的很簡單。

因為在這裏待得久，接受不同工作經驗的機會自然比別人多。這幾年因為參與「早期療育通報轉介業務」而與縣內多所幼稚園與托兒所有機會接觸，更進而得以進入班級與托兒所及幼稚園的老師們學習，所以本書的後半部，記錄的是我在多所幼稚園及托兒所見到的一些教學生活點滴及個人觀點。

對我來說，在啟智中心遇見的身心障礙朋友是一群天使，在一般幼稚園及托兒所遇見的幼兒是另一群天使。幸運的是他們都生活在人間。而我，都遇見了！

戀戀山巔

春風一來，千千萬萬的小葉片就像是千萬隻翠玉般的小小手，鼓掌歡迎每一位近山的訪客。

之一——初訪丸山巔

外地人若問起：「通往丸山的路怎麼走？」或許本地人都不見得說得清楚。到底山有多高？當地人說法：山是山；鼻屎大。難怪許多人得費許多唇舌才能找到丸山巔。

古人彷彿早就預知今人的疑慮，所以早早就寫好：「山不在高，有仙則靈！」的名句以昭世人。

和這座小巧可愛的小山保持小小的距離，是一種接近幸福的滋味；難以數計的大樹挺立在山腰間，像數不清的翠綠大傘，固執地撐起半邊山。春風一來，千千萬萬的小葉片就像是千萬隻翠玉般的小手，鼓掌歡迎每一位近山的訪客。

沿著春風春雨織成的緹花大道前進，從山下到山巔，腳程大約十分鐘。若遇天藍、風靜，則紅塵滾滾近在眼下。天若潔淨，龜山隔岸招搖。煙霧瀰漫處，是蘇澳。大蘭陽盆地就像是一塊潤澤飽滿的翠玉，光澤來自澎湃的太平洋深海脈動和太平山的綠色芬多精，灰暗的水泥叢林則像是鑲工粗糙的呈堂證供。

第一次造訪傾圮的修道院是在那年的暮春時節。走在幽靜的山路上，厚厚的落葉還不時滲出泛黃的汁液。未聽見蟬聲，未聞見鳥鳴，才忘情貪饗「一鳥不鳴山幽靜」的酣然，卻忽聞蟬聲大作。成群的麻雀因我的到來，嚇得拔腿就飛，一股肅殺之氣隔著古書的扉頁廝殺開來；那群麻雀也彷彿急於躍入戰場，嘰嘰喳喳地辯正：「鳥鳴山更幽！」

之二——丸山之春

出了名的「丸山遺址」離這個小山頂大約兩百公尺的距離。

也許這座小山也曾經熱鬧過，只不過沒有人知道它在何時邀地歸於沉寂。這樣的想法讓我想到古老的龐貝城，近代的九二一大地震，那樣的結束都在剎那之間，但那故事背後所隱含的悲情，也許千百年後仍會在風中喃喃低訴！不知道這山間谷地是否留有前人的低吟和泣訴，而或則只是我無端的想像？

五十年前，幾個外國神父和修士們赤手空拳地自他鄉異國來到這個人地生疏的地方，因為當時結核病仍讓人聞之色變，因此病人的境遇堪憐，這些靈醫會的神父們卻欣然接受這個燙手山芋，並且開始披荊斬棘，開天闢地；山上的大樹、樹間的荊棘、荊棘叢中的青竹絲和蜜蜂群……它們原本各得其所，各有各的天，各有各的地，各飲各的甘泉，各採各的花蜜……鄉公所一道無償使用的公文重如二月春雷乍響，驚蟄，一時之間山中萬物有如剛從冬眠中復甦，正以新鮮姿態迎接新春，不想風雲變色，驚覺異類來侵，一時心驚膽跳，慌亂莫名。因此在那段墾荒時期，這些神父、修士們被蛇咬傷、被蜜蜂螫傷、被大樹壓傷、被荊棘刺傷，都是稀鬆平常的事。或許這樣的山居歲月原本就不寂寞的，蓊蓊鬱鬱的林間，猴子與松鼠是擺盪其間的常客，而專門招蜂引蝶的不知名小花則連崖壁上的隙縫都不放過，只要有微風造訪，就笑得花枝亂竄。而這些神父們的進駐，算是一種異形入侵罷！

從此丸山上的百花不再孤芳自賞了，數以百計的結核病患亦在此找到生命中的春天。

民國七十六年前正當呂神父看到教區內數個家庭因為家有智障兒，造成家庭在經濟上、精神上極重的負擔及教養上的困難，他也看到廢棄的修道院正張開雙臂等待著給這群在人世間與人格格不入的天使們一個最熱情的擁抱。山路上的杜鵑在那年的初夏乃以最燦爛的姿容迎接這一群不太平凡的嬌客。

從此丸山之巔又開始熱鬧起來了，數不清的冬日早晨，孩子們和冬陽爭著為「聖嘉民」的花園灑下晨間的第一道溫暖笑語，更有看不盡彎彎小路上的四季更替……。

之三——幾番風雨燕歸來

「大家好，歡迎大家來到聖嘉民啟智中心，我是呂若瑟神父。我的國語講得不太好，請大家多多包涵，我現在簡單的介紹聖嘉民啟智中心的沿革；聖嘉民啟智中心是在民國七十六年的時候成立的，那個時候有許多重度和極重度身心障礙的小朋友找不到學校可以入學，所以有一些家長將他們的小孩子送到外縣市的教養院去，但是有更多的小孩子每天都躺在床上發呆。剛開始的時候我們從社會局那裏拿到了一些資料，我和工作人員拜訪了一百多個身心障礙的家庭，等到真正開學的那一天一共來了十六位學生。那時候有四位教保人員負責教養和訓練的工作，希望學習孔子『有教無類、因材施教』的精神，帶給這些孩子和他們的家人一些希望和幫助。我的國語說得不太標準，所以就簡單說到這裡，最後再說一次謝謝大家的光臨，請大家多多指教，謝謝！」

這是近二十年以來呂神父慣用的開場白，其實這一套介紹詞近二十年來因為不同來賓的到訪，不只年年複習，月月複習，而臨近聖誕或春節時因為到訪的團體更多，所以那段時期更是集中火力「密集複習」，因此要真能說得讓人完全聽不懂那還真的是一件不容易的事呢！

呂神父常被中心的幹部們「吐槽」說他其實「很虛偽」，因為這一段台詞他歷經十幾年的淬煉已經背得滾瓜爛熟，但每一次致詞他都不會忘記告訴來賓：「我的國語說得不太好，請大家多多包涵！」通常接下來亦是十幾年來不斷重覆的情節；大抵來賓們都會露出慈愛的目光，不僅無條件原諒這段「聽得有些懂又不會太懂的國語」，並且常會誇獎他國語說得非常棒，這時他就會露出他的招牌笑容；既靦腆又欣喜的直說：「哪裡？！哪裡？！」

接下來負責接待工作的社工員必需很識相的銜接既定的參觀流程，否則他的台詞背完了，場面就會很難撐得下去。倘若真有這種情形發生，那麼等參觀的來賓座車緩緩駛離曲曲折折的山路，直到目力所窮，返身便可見呂神父那一臉詭譎的笑容，我們大家都心裏有數；下一次的幹部會議準又會被他罵得狗血淋頭，「真的應該反省反省，怎麼可以丟下我一個孤獨老人獨撐大局？還好我的國語講得很不錯，要不然人家怎麼知道聖嘉民的設立宗旨是秉持著基督博愛的精神，是在彰顯『你們為我小兄弟中所做的，你們就是為我做？』……你們真是太不孝順了。」呂神父在民國七十六年初夏開始展開一百多個家庭訪談的接力，還好社會局提供呂神父一本葵花寶典，裏面所記錄的正是宜蘭縣境內領有身心障礙手冊者的名單以及住所的地址。有了地址便有了依據，呂神父帶著工作人員一一拜訪並遊說家長使其同意讓其子女能至啟智中心就學。絕大部份的家長都會露出十分狐疑的的眼神打量著眼前這位鼻子凸凸、頂上光光、說著一口破台語的阿督仔，「還好他做人真好，說沒錢繳學費也不要緊。看起來不像人家在說的金光黨，也沒叫我拿寄金簿仔去郵局領錢。」後來有些家長才說出他們原先還以為這是一票以呂神父為首腦的金光黨呢！因為「世間咁有這款代誌？無錢繳學費也可以去讀書，這款連大小便都不會說的孩子，誰有法度教會他？」

讓這個外國神父慶幸的是在一百多個家庭當中仍然還有十六個家庭「姑且」相信這個看起來還算「和藹可親」的外國人的話。「反正死馬當作活馬醫。」只是這些孩子們的家長從來沒想過「校長」會親自來「招生」，一些重度孩子的家長甚至從未有過將還子送到「學校」的念頭，也不敢有此「奢望」，所以對這個親自登門造訪的阿督仔，大部份家長甚至懷疑：「我的孩子已經很嚴重了，但是這個阿督仔的頭殼恐怕燒得更厲害吧？！」

但畢竟真誠仍是人世間交通的利器吧！在那個靜謐的秋日早晨，小小的丸山巔仍熱熱鬧鬧地飛來了十六隻「嗷嗷待哺」的乳燕。

有許許多多的「第一次」都在那個秋高氣爽的秋日發生。許多乳燕打從母親的小窩出來之後就未曾嗅過自家以外的氣息，他們真的是「第一次」與父母如此完全隔離，到一個完全陌生的的地方去迎接一個全新的挑戰。

那天早上的交通車頓時成為犯案的「作案工具」，隨車老師儼然成為「搶匪」的化身，所到之處除了孩子們的號啕哭聲外就是父母不安與不捨的叮嚀聲。

十六隻乳燕棲息在十六個小點，一部救護車改裝成的交通車在那個秋日的早晨第一次費力地將這些小黑點連成了一截一截的線條。

這些點和線的分佈像極了朗朗乾坤中各自繁華與各自殞落的明星，多事的恐怕是地球上的人類吧！硬是牽牽扯扯地將線條一截一截的拉來扯去，說這是北斗七星，這是牛郎織女會銀河……。

十六隻乳燕，個自擁有自己的故事腳本，好比歷經幾番風雨，但終究得享「家」的溫暖。

之四——那個和尚的愛情觀

就在那一年的初秋，被家長們暱稱為「黃埔第一期」的正期生，正式報到。

在離正式開學的三個月前，呂神父開始和這些寶貝們做第一次的接觸。為了迎接寶貝們的到來，鋪蓋在山路上的陳年落葉早幾天已經被一掃而空，路旁隨意伸展的枝椏也被修剪得十分整齊，但怎麼看都覺得像是看到一個剛從理髮店理完頭髮的孩子般；好看是好看，型也出來了，但總是覺得有些「憨面憨面」！也許這樣的改變太過於明顯，所以連平日深居簡出的一位老神父都親自從山巔的療養院一路邁著大步而來，關心此一環境生態的改變。

精通十六國語言的老神父像是忽然邂逅某個動人的章節一般，高興地摸著孩子們的頭，大聲地分享他對中國古典美學的體會；古人說：「花徑不曾緣客掃，蓬門今始為君開。」就是這般場景啊！你們都是那些「君」啊！

好個深刻浸淫在中國詩詞中的外國神父（但老實說，我覺得這個神父太愛賣弄中國文學了）。

好在這是一個秋高氣爽的秋日，適合冷卻生平第一次上學的恐懼氛圍。但縱然如此，呼天搶地的哭聲卻仍招來山下居民的關心。

很多人問呂神父為什麼敢在那個沒有新房舍、沒有合格師資、沒有確切學生來源、沒有任何補助經費的十八年前如此大膽地駐營開戰呢？

往事如歌，話說從頭；那時呂神父從澎湖奉命到羅東，由於在澎湖已設立惠民啟智中心因而知道在此地創辦相同機構的必要性。當他親自到社會局申請機構立案時，承辦人詳細了解中心的人員組織結構和硬體建築設備後，也曾好意的要神父「再考慮考慮」；因為就在一村之隔的地方，政府已經擬好一個性質相同、人員編制健全、經費永續不虞匱乏的公立教養院，招生員額預計兩佰名，恰巧足夠容納縣內所有的身心障礙者⋯⋯「也許神父可以省省力氣做些別的事情。」

呂神父說他來到台灣後也讀過一些台灣小學的必讀課程，所以他也知道古時候中國曾經有兩個同時想到南海取經的小和尚的故事。

當他決定效法那個沿途托缽的小和尚時，雖然那個承辦員十分不解這個不聽「忠告」的外國神父的行徑，但眼看這位說得一口破台語，中國字也寫得歪七扭八的「阿督仔」神父所送來的申請文件時，卻也全力協助，讓這位神父為無數個耶穌的分身找到一個暫時的居所。

山中無曆日，寒盡不知年。

日子雖易過，歲月卻不曾饒過容顏已老的房舍。陰晴尚可，若遇天雨則像娶了個愛哭的媳婦過門，每逢下雨就氣壯山河地哭個不停，深咖啡色的濁水就像是搶著向神父泣訴心中的悲悽；儘管家長會用馨家長們的捐款將整個屋頂團團蓋住，但一遇天陰天雨，那深咖啡色的汁液仍像要不到糖的孩子一樣，涕淚縱橫。淚水從歲月留下的裂痕和多次無情地震的所劃下的鴻溝中，汨汨流下，永不枯竭。

那個沿途托缽的小和尚彷彿又跑來跟神父輕輕招手。

十五年後，神父在空曠的基地上鏟下第一把泥土。暫時不管米倉裏是否還有隔日糧。

那座十五年前計劃興建的教養院隔著縱橫阡陌遙遙相對。工程已近尾聲，人員尚未進駐。

談愛情，有時候得冒些險。有時候得餓肚子。

關於搬新家這件事

呂神父說，聖嘉民十八年慶這一天一定要搬新家。

老實說，除了呂神父，沒有人相信，這座等了十八年的新莊園，能趕得上在二〇〇五年的聖嘉民冥誕日進駐。但神父堅持在這個夏天搬進新家。

建築師和營造廠的負責人，比手畫腳再加上一口彆腳的國語向神父說明工程的進度及這個不可能完成的任務。（因為要清楚地向這個義大籍的神父說明，文法結構及用字遣詞都得變得較簡單易懂，但這樣反而變得結結巴巴地更說不清楚了）

最後，建築師和營造廠都舉白旗，真是秀才遇到義大利兵，有理也難以講得清了。所以，就像是一個迎娶時辰已快錯過的新嫁娘一樣，就算鳳冠霞披未穿好，蔻丹紅唇未描畢，但，催路的鑼鼓已鎮天嘎響，醜媳婦也只好見公婆了。

而搬家是件苦差事，一卡車一卡車搬走的是鍋碗瓢盆和碗筷，剩下的就是十八年來飄蕩在這山巔的輕聲笑語和這座美麗的有情山巔。除此之外，就是山巔上曾經發生過的故事、故事中的佈景、故事中的人物以及難忘的故事情節……。

天堂的磚瓦

謹以此文感謝所有曾經為聖嘉民付出心力的恩人們。

不記得那位詩人曾經烹煮這麼一鍋「石頭湯」。場景約莫是在貧脊的鄉野，有人架起爐灶，生煙點火，認真地烹煮他的石頭湯，鍋裏咕嚕咕嚕翻來滾去的只有兩顆圓滾滾的小石頭。眾人圍觀，卻不信這兩顆魔石能「無中生有」，陸陸續續提供私有的美味丟入鍋中，直至鍋中滿溢山珍海味……。

十八年前，呂神父就是那個烹煮石頭湯的笨煮夫，十八年來卻有許許多多「實在看不下去」的恩人們，一點一滴的捐出他們的金錢、時間和愛心，成就許許多多身心障礙朋友們在小山巔一住十八年。

就要搬入新家，工程在工人們揮汗的攪和下，屋脊和樑柱已然成形，數不清的磚瓦恰似數不清的恩人們……。

之一——來自德國的第一筆善款

有人問神父，是否還記得第一筆善款的來源？神父說：「想都不用想，我就可以告訴您，十八年前被靈醫會會長將我從澎湖調至羅東來服務，因為在羅東毫無建樹，所以沒有人會給我錢，但是我在澎湖做的事，有人知道，所以就大力支持我囉！」至於誰是那個「大力支持的人」？神父說，就是那個當初提供善款給他，幫助他創立澎湖惠民啟智中心的德國「普愛會」。那是一個德國的慈善團體。

十八年前的第一筆善款，來自德國「普愛會」，金額為十二萬元馬克，折合台幣肆佰萬元。

之二——賀伯颱風颳來的劃撥款

除了國外的第一筆善款，事實上有更多的恩人們分佈在寶島的各個角落。有許許多多的朋友持續用劃撥單定期寄上他們的關心，幫我們度過尋常日子。但有一年的颱風就颳得我們屋頂見天，窗破水淹。所幸搶救得宜，人員毫髮無傷，但滿目瘡痍，夠讓神父傷神的了。

這樣的窘狀經媒體批露之後，短短一個星期，劃撥單如雪片飛來，伍佰、壹仟佔多數，讓當時尚未用電腦設備開立收據的工作人員，「寫收據寫到手軟」。

那一次的颱風為我們刮來了數不清的恩人們。

之三——寡婦的一文錢

有人問神父，除了那筆肆佰萬的「大」善款之外，還有沒有這種「大注」的捐款人？神父說，除了政府的補助款之外，沒有超過肆佰萬的。但是，「如果寡婦身上只有兩文錢，若她慷慨捐出一文錢，那麼你說誰捐得多？」。

捐錢給聖嘉民的人，有許許多多的人都靠微薄的薪水過活，這其中有學生、有老師們、有醫院同仁們、有機關行號的朋友們、有慈善社團、有社區媽媽們，一點一滴，錢雖不多，但無數沙粒成就恆河，恆河成就永恆的歷史。

衷心感謝曾經捐助善款給聖嘉民的恩人們。

之四——活力充沛的志工們

若真要細數十八年來的恩人名錄，我們是怎麼也數不完，但除了慷慨捐款人之外，還有一種恩人，我們要衷心感謝。這麼多年以來，當我們需要人力支援時，陪伴我們走出戶外的愛心志工、犧牲自己的寶貴時間，奉獻專長，引領身心障礙朋友鑑賞藝術，並教導用彩筆畫出生命色彩的畫家志工們，甚或為了幫我們這群完全不懂建築工程而主動陪我們仔細推敲設計圖的建築師志工們……。

對於這些奉獻心力，伸手牽起我們手心的志工朋友們，我們感謝您們。

遇見千年菩薩在微笑

五部輪椅圍成一個小圓圈，每位老師的一雙眼睛和一雙巧手在頓時之間化成觀世音的千手千眼，同時讓每個人都雨露均霑。

山城竟然也有敦煌佛窟？何況這裏是天主教神父、修女修道的地方。

美音師姐說他在這裡看到觀音大士，而且不只一尊。我耗盡眼力卻連大士身邊的青鳥身影都無緣瞄見。

無慧根，我自覺。

宗教是一門玄學，至少我覺得有時候是。

美音師姐不是第一次造訪這個地方，所以對這裡的一些情況他甚至可以滔滔不絕地為跟她一起造訪的師兄師姐們解說。美音師姐是慈濟的資深委員，有著獨特的高雅氣質。

我喜歡慈濟師姐們穿著鑲紅滾邊的藍色旗袍，那一種藍我管它叫「慈濟藍」。老實說，不管長相如何地不同，當她一穿上這套寶藍色的旗袍，便感覺慈眉善目，全身都散發出一種優雅的美感。

那一天早上美音師姐又來了，同樣的跟了一大群師兄師姐。

為了節省時間並避免師兄師姐在這棟「曲曲折折」的建築物裏「迷路」，我走在前頭領路，為的是儘快帶這群志工到今日因排訂「戶外教學」而頓時須要大批人力支援的班級。

後來我才知道觀音大士，真的在這裏現身。

走過一間又一間的教室，恰巧見到忙碌的身影，每個老師大約要幫助五個極重度的孩子在復健活動後補充一點水份。五部輪椅圍成一個小圓圈，每位老師的一雙眼睛和一雙手在頓時之間化成千手千眼觀世音，同時讓每個人都雨露均霑。

難怪美音師姐說她在這裏看到千手千眼觀世音菩薩。我也看到了。

山城竟也是佛窟。

有一群菩薩天天在這裏展眉微笑。

風鈴花

一天起風的時候，鈴鐺發出熟識的響音，清清脆脆的響鈴就一如平日她的笑聲與哭聲。

這是一座天堂花園，百花在這裏開放，用屬於自己的獨特氣息，釋放生命的芳香。風鈴花像朵掛滿鈴鐺的小可愛。她一生的歲月都在長方形的圍欄中度過。彎曲的雙腳就像剛被一個吃完一盤醬汁蕃茄的小孩，在抿一抿嘴、舔乾嘴角滲出的糖汁之後，順手就輕易折損的小竹籤。他的雙腳總是彎彎曲曲的被擺在那個有著高高床欄的檜木床中。

床欄上那一串有著風鈴花般的鈴鐺是她的爺爺特別叫人編製的；就是那種一般人會買給乳兒把玩的那種圓形鈴鐺。剛滿週歲後，她的父母玩具買得勤，連坐姿都高過她的泰迪熊、圓滾滾的小叮噹、高高瘦瘦的頑皮豹……都曾和她是這木床中的天涯淪落人。所以值得她用她所有的時間和它們「濡沫以親」。很多時候，這些友伴都像是一隻隻剛從水塘爬上岸的落湯雞一樣，濕濕黏黏的，十足狼狽。

父母後來卻在醫生的建議下，將所有的絨毛友伴裝在一只黑色垃圾袋中，在給愛麗思的祈禱中受難而被埋藏在臭氣沖天的垃圾堆中。

後來添購的塑膠玩具，都不合她意。至此以後，床欄下、牆角邊，常見屍野遍佈，肢離破碎。最後，就只剩下那只圓形鈴噹；除了被丟出去的那一剎那會發出清脆的聲響之外，唯一還能保有完整身軀的玩具。

她的爺爺在建國花市旁的上百攤賣玉的攤位中精挑細選了這串飾玉，青青翠翠的，像粒粒飽滿的麥穗，就等秋風催黃。

她的爺爺把像風鈴花一般有著小小鈴鐺的圓環當成墜子，那一串青翠的飾玉則變成了欄柱的項鍊，用紅絲線緊緊的繫在床欄上。白天當她隨著啟智中心的交通車到山上上課時，那串鈴鐺就靜靜地等待主人回來。下了課，她總愛抓著鈴鐺把玩，無言無語的她，高興時搖搖鈴鐺、痛哭時搖搖鈴鐺，似乎只有這串鈴鐺能為她道盡千言萬語。

有一天夜裏未聽見鈴聲撼動。從此以後那串鈴鐺只靜靜掛在床欄上。無風無搖。一天起風的時候，鈴鐺發出熟識的響音，清清脆脆的響鈴就一如平日她的笑聲與哭聲。

至此她的爺爺規定：那扇門只准鋁格網把關，嚴禁蚊蠅擅入，但讓風可以隨時進來遊玩。

因為只有風能讓那串像風鈴花一般的小鈴鐺叮叮噹噹。

這是一座流星花園，隨時有流星殞落；用它最獨特的光輝與人世辭別！

神龜少女待嫁記

躺在特製輪椅上的她，通常都是沉沉的睡著。偶而清醒的時候眼睛也只是微微張開一條線，老師常常會將手指頭輕輕靠近他的臉龐，微弱的鼻息是比較能具體證明睡美人還活在當下的溫度。

中秋節前夕，睡美人的阿嬤叫人送來了七十盒香氣逼人的月餅，說是要給中心所有的工作人員品嚐。不是家長會長，家裏也不開餅舖，我很有興趣睡美人的阿嬤為什麼那麼大的手筆？

電話中的阿嬤，聲音聽起來十分高興。她說了兩個讓她高高興興送來七十盒月餅的理由。

原因之一，他覺得這個中心從神父、老師，一直到司機都是大好人。她感激司機和隨車老師每日大老遠地把她的寶貝孫女接到啟智中心來上課。

說上課其實有些勉強，因為睡美人之所以被稱為「睡美人」，就是因為她在啟智中心的大部分時間都在睡覺。躺在特製輪椅上的她，通常都是沉沉的睡著。偶而清醒的時候眼睛也只是微微張開一條線，老師常常會將手指頭輕輕靠近他的臉龐，微弱的鼻息是比較能具體證明睡美人還活在當下的溫度。

第二個原因是睡美人在今年的端午節前夕「轉大人」了。所以她的阿嬤打從心底高興，因為「大師」說睡美人的月信來了，表示大師多年來的努力「運功」已見成效，睡美人的身體已經開始在「走氣」了。再一段時間的調養，氣若通暢則全身經脈自然活絡，到時候包準睡美人能自己從輪椅上走下來，並且健步如飛。要找個好人家嫁了，也是輕而易舉的事。

看來一切都在大師的掌握之中。

睡美人的阿嬤對大師的話深信不疑；雖然大師所預測的事，好像只有卡通影片裏才辦得到。

大師始終沒有現形，對我們來說則像是遇到高深莫測的敵手。

說起睡美人的誕生，認真論起也有一段曲折的等候。產程的延長，讓睡美人的媽媽足足在候產室裏吼了一天一夜，到後來力氣用盡了，只能用嘶啞的聲音乾嚎。她那樣聲嘶力竭的叫聲像是情有獨鍾的買家，苦肉計是唯一還能施展的技倆，目的則是無論如何都要讓賣家知道，今後他會如何疼惜這個得之不易的稀世珍寶。註生娘娘這個販嬰集團的女頭頭，看來仍在考慮要不要將嬰兒交給她。眼看著一床之隔的待產婦來來去去，她開始懷疑她和別人所參拜的註生娘娘是不是同一尊？她記得羅東市區的那家城隍廟，註生娘娘是鎮廟之寶，而且十分靈驗，所以婚後三年仍未生育，她便時常一個人跑去參拜註生娘娘，她知道供桌前擁擠的陣仗是門庭若市的鐵証。

後來她知道這樣的祭拜是徒勞無功的。於是她聽從婆婆的指示，依照正式的程序，虔誠祈求註生娘娘的助佑。一切行禮如儀，婆婆說這就叫「接花」。（移花接木騙過註生娘娘身邊的神差？）

婆婆許了五牲和五兩金牌做為犒賞金，期望真有還願的那一天。註生娘娘似乎有些後悔，扭扭捏捏地捨不得將嬰兒交出來，遂有後來產程延長這一段。但這一躊躇，就耽擱了路程，以致在最後關頭因急於趕路，慌亂之中竟忘要用洪亮的哭聲向人間正式報到。

醫生說嬰兒腦部缺氧過久，日後恐或多或少影響智力。

醫生的話不全然對。嬰兒不只智力未見增長，成長的腳步也完全未依照「七坐、八爬、九發牙」的階梯。阿嬤說，睡美人從出生開始就軟趴趴地，像一團發酵失敗的麵糊。七歲的時候復健醫生建議她作復健，以免日後肢體逐漸變形，阿嬤看到復健室中幼兒的啼哭聲，哪裡捨得金孫如此任人凌遲！

「那些小孩的父母，心肝可真硬啊！」

市場口美容院的老闆娘介紹阿嬤認識這個「法力無邊」大師。從此睡美人與大師結下不解之緣。

從第一次癲癇發作開始，大師就認定睡美人已遭邪靈附身，而且這惡靈十分凶惡，趕都趕不走。好在大師法力高強，所以才能從容與之對談。至於孱弱的身體，則需要高貴藥材的滋補。

看起來就像市面上盛裝中藥的透明罐子，若換成清水，大概三百西西左右。現在裝在裡面的是棕色粉狀的中藥粉。一瓶一個月份，一萬元。

「那都是一些最高貴的中藥材；珍珠、人蔘、犀牛角……還有一些不能公開的獨家秘方。」

老師提醒阿嬤，留意大師是否有中醫師執照？阿嬤答稱她也不知道，但是大師看起來十分良善，全然不是壞人的面容。此後睡美人的癲癇症狀仍斷斷續續發作，而且因為阿嬤堅持不願讓復健治療師「凌遲」睡美人的肢體，所以進入青春期的她，脊椎嚴重側彎，右後側也迅速隆起一個大肉團。

藉著一年一次的會議，在座的人輪流遊說阿嬤，請阿嬤無論如何都要讓睡美人做復健，否則若肢體繼續變形，日後恐怕連五臟六腑都會在體內來個大搬家。或許眾人之口能鑠金，阿嬤到底聽進了耳。但大師仍是她的御醫。這一次大師給這樣一個答案；千年邪靈已離身，萬年神龜方現形。

阿嬤的金孫是萬年神龜，怪不得背要隆一大塊。阿嬤相信這是真的，要不然背為何會隆一大塊？阿嬤也相信大師已展現了他無邊的法力，因為大師的法力無邊，所以她的金孫才能順利「轉大人」。

而現在阿嬤滿心盼望睡美人自己走下輪椅，穿上漂漂亮亮的新嫁衣出閣。這一次阿嬤許的是五十萬現金給大師，至於中心的老師們，大家都很辛苦，所以招待大家環島一週，包吃包住。

至於大師可有指點睡美人何日可出閣？

大師言：天機豈可洩漏！

大便萬歲

那真是有生以來最最艱苦的日子，倘若媽媽還健在，一定捨不得讓他如此珠淚婆娑！

三十五歲生日是他生命的分水嶺，在這之前，他日日夜夜與他的娘親形影不離。但他的母親來不及為他點亮三十五歲的生日燭光。所以，他的三十五歲生日過得寂寞而悲傷。

啟智中心的老師沒想到應該為他慶祝農曆生日，還有用那種他的母親習慣為他慶祝的方式：生日蛋糕是一定要的啦！而且還要一套帥氣的新衣服。

醫生說他是腦性痲痺。三十五年來他還沒學會清楚說過一句話。不會自己拿碗筷吃飯。不會走路。甚至不會自己排便。

一切得重新來過。

不會自己吃飯，問題不大；每天都有人一湯匙一湯匙地餵食，像媽媽那樣的溫柔餵法。不會說話，問題不大；每天都有人問這問那？直到點頭為止。不會走路，問題不大；有一部專屬的輪椅為他效命，往東往西，十分方便。至於不會自己排便，問題可就十分「棘手」。為了能讓他順利排便，廚房的美麗廚娘忙著將他要吃的飯和菜用果汁機打成飯泥，除此之外，果汁、果泥、開水，也依序進攻，企圖以似水的柔情軟化擲地有聲的產物。在一連串失敗的期待之後，復健醫師的建議，似乎再次讓期待萌芽。所以除了吃軟飯、吃青菜、喝果汁、喝開水之外，適當的運動或許也能讓大腸小腸舒展舒展。

三十五年來都躺在床上的他，來到這個中心之後才第一次真正嚐到「坐」的滋味。剛開始的那一陣子他常覺得天地在他眼前轉個不停，現在他已能坐著輪椅從容欣賞週遭世界的樂趣了。但有件事是他非常不能接受的，那就是不知道從什麼時候開始，每天都有好幾個人將他從輪椅上移到一張高高軟軟的復健床上，他們讓他俯趴在上面，整個身體用幾條約束帶固定著，讓他不會從床上跌下來。這都還在他的忍受範圍，最叫他難以忍受的是，復健師說不可讓他如此舒服的躺著，為了補充運動量並且避免肢體繼續萎縮，所以得在腳上加些承重力。方法之一是躺在復健床上時，要將雙腳伸出床尾一大截，讓半截小腿懸在半空中，並且要在這一截小腿上綁兩個內裝清水的沙拉油桶。

那真的是有生以來最最艱苦的日子，倘若媽媽還健在，一定捨不得讓他如此珠淚婆娑！工作人員們持續一段時間以戴了塑膠手套的手指頭將堵在關口的大便摳出來，就只有這時候的痛能和吊水桶時的不舒服互較上下。

又是一個尋常挖便日。那表示所有的人都還要再繼續努力，包括快樂的廚娘、定時執行復健工作的治療師和老師們，還有無論如何都得使一使力的自己。不過今天情況有點不同；早上他連續放了幾次臭屁，每一次放屁都會引來幾個「逐臭之夫」高興地衝著他問：是不是要大便了？他只能用搖頭表示：時候尚未到。挺讓人失望的答案。

終於這一次在還沒有人問他的時候，大便竟然順勢而出。那種他專有的臭大便味，立即引來職業性的關注。在確定是他自己排便後，現場立即引來一陣騷動，床邊一時站滿了圍觀者，所有的讚美之聲終究逃不出這樣的範疇：「你真的好厲害呀！是你自己大出來的耶！」

那個午后，他們為他開了一個慶祝會。因為不是生日，所以沒有蛋糕。他們用果汁乾杯，以示慶賀。

大便萬歲！

這個理由絕對夠讓大家快樂一陣子。

要快樂其實很簡單，在這個鼻屎大的小山巔。

小黑人和他的媽媽

我不知道天堂應往何處尋？但在那一刻，忽然覺得地獄裏也會有天堂的存在，母愛的溫馨，就是天堂的氣味。

星期天早晨六點，只有我不得不在此刻起床。全家除了我之外，昨天晚上，大家都已經約定好；睡覺睡到自然醒。誰都不許吵誰起床。看幾個小蘿蔔頭睡得橫七豎八的，真是羨慕極了！

早報其實已經躺在門口石級上了。一翻開墨汁未乾的扉頁，首先映入眼簾的是世界展望會在非洲的消息。那樣的圖片影像其實不是第一次見到，圖片中的小孩永遠像複製羊一般的在我的心中定格；大頭、大眼，瘦弱的身軀卻要挺著個大肚子。肚子裏也許什麼食物都沒有了，卻仍有可能還有許多蛔蟲不死心的等著跟它的主人爭食！

等回過神來，已經七點了。今天加班的原因是，要為小黑美人召開屬於她個人專屬的療育會議。（為什麼叫小黑美人？因為她再過兩星期才滿三足歲，勉強擠進幼稚園小班的年齡，所以很小。至於黑美人的封號則是因為在未入學之前，在她的媽媽細心安排之下，南征北討，穿梭在縣內各大復健科之間，接受炎炎夏日的紫外線均勻燻陶之完美作品。）等大家都坐定，才發覺動用的人馬不可謂不少；有物理治療師的評估和建議、有職能治療師的評估和建議、有語言治療師的參與、有社工師的參與、有老師的參與，還有爸爸媽媽的參與。相關人員為她所作的評估都顯示：她的各方面能力都在一歲以下，甚至因為選用的評估工具不十分適合而呈現無法施測的情形，溝通能力也因未具備語言表達能力而受限。因為腦性痲痺的關係，小黑美人的四肢嚴重受損，因此連坐立都需要有特製的輪椅代勞才行，而雪上加霜的是小黑美人除了對光源有些許反應之外，視覺也已嚴重受損。

關於小黑美人的既往，媽媽和老師其實很快的就可以說完。因為四肢嚴重障礙，未具備口語能力，更糟糕的是，她的人生本來就比別人黑白，但唯一能使她的人生增添一些色彩的靈魂之窗也是「有看沒有到」，所以除了不用擔心她會像過動兒一樣會亂跑之外，似乎是缺點比優點多太多了。

我一直覺得這是一個美麗又溫馨的聚會；會場圍著一大圈的人，在這原本是每個人都應該有著不同約會的星期天早晨。因為小黑美人，我們原本不相識的人有了共同的話題。談了很久，最後大家一致的決議是：她會哭耶！大家都同意，這是小黑美人一項很了不起了能力哦！

記得我在一本書上看到作者提到所謂的「哭法辨識術」：也就是說，肚子餓時、喉嚨渴時，嬰兒都會放聲啼哭，而且直到滿足要求前，他都會哭泣，他往往用哭來向你表示肚子餓，或是別的需求。嬰兒唯一表達意思的方法就是哭。所以他的哭一定有原因。從肚子餓或是想睡、太熱、尿濕等生理需求開始，到痛、寂寞等對父母的呼喚，都是以哭聲來傳達的。「好無聊哦！陪我嘛！」、「抱我！」這種因撒嬌而哭的情形，是一種成長的信號。所以，小孩哭泣時，絕不可藉忙而無視於他的信任，否則以後小孩會對大人失去信任感。對於以上的說法，與會的人完全贊同，同時更強調是否須要等小孩用哭才來處理，有沒有辦法找出一種雙方共同遵循的溝通方式如發出特定聲音，或特定肢體動作即表示某種需求或某種心情。

因為小黑美人的肢體動作嚴重受限，加上雙眼的視覺功能亦無法正常發揮功用，因此我們認為感覺機能的充份運用是重要的。那本書中談到大約在出生後一年間，感覺器官所具有的機能即可接近大人的程度。所以感覺機能對嬰兒而言，就好比向外界打開的窗口，透過它可以適應新環境。即便是剛出生的嬰兒，對味覺也有相當的感覺，像甜的、鹹的、苦的、酸的大致都能感覺出來。觸覺的發展也相當的快速，所以對洗澡的溫度也應當相當的講究。在嗅覺方面，嬰兒對強烈而令人不舒服的味道最敏感。在聽覺方面，嬰幼兒可藉由聲音辨別方向，尋找聲源。這些活動大家都提供意見，作為往後努力的方向，而事實上證明過去幾個月以來老師正朝這個方向進行著。

我不知道天堂應往何處尋？在那天的晚間新聞裏，我清楚的看到，一個個大腹便便的媽媽（當然不是因為懷孕），正用吸管一滴滴的餵哺著她的心肝寶貝；他們一個個都跟媽媽一樣有著大大的眼睛，大大的肚子，卻有著瘦弱的身軀。我忽然覺得地獄裏也會有天堂的存在，在那一刻母愛的溫馨，就是天堂的氣味。天堂裏不是無病無痛，也不是完美無缺；不同的是：天堂用愛包容傷痛，天堂用愛補足缺憾。天堂裏的媽媽用最溫柔的心和她的寶貝一起享受他們能享受的人生和生活中的所有苦痛與快樂。

在那個本來睡覺應該睡到自然醒的星期天，我看到一群黑人小孩和他們的媽媽們。

誰教紅杏出牆來

思前想後這件公案，到底該算誰的錯呢？

也許吧！就是那枝出牆的紅杏。

聖母洞的圍牆間，一枝紅杏出牆來！

晌午十點一刻，天有些陰。

雖然時序仍在暮春與初夏間爭論不休，但對於存心想要賞花的人，今天仍不失為一個賞花的好時節。

依照既定的活動內容，今天應該帶著學生，漫步花園，流連在花叢間；飲春光、賞花容。

寶琴老師早在初春時節就踏遍這座山頭的每一個地方，成為這個班級的「探春使者」，尋找春的足跡！

「春在枝頭已十分！」寶琴老師回報這座山頭的春日景緻大約是這個意思。果不其然，「春在枝頭已十分！」

春在這個山頭何曾褪色？如果百花怒放和綠意盎然就能概括承受春天的定義。

來過這裡的人必定難以忘記這段「上山」的經驗；約莫千來公尺的山路，有著彎曲的身段，山路旁的日日春和山杜鵑年年都迫不及待地展現手姿，哪裡需要等待春雷的召喚？

如果你不特別留意，才一個大轉彎，你就到達山頂顛了。

但那枝出牆的紅杏卻是長在那個你一不留意就容易錯過的地方。

那是在上山的途中，山路上唯一的大轉彎處，路過的人通常只是驚鴻一瞥，一回神已找不到這個所在。

除非你是識途老馬，或則刻意停車造訪。

這是一個半月型的腹地，恰巧構築一個渾然天成的山洞，洞前尚有一空曠的平地，七里香和紅薔薇在這裡各有一席之地。聖母洞前石桌石椅，安然羅列。站立中間的香爐則是入境隨俗的恭奉；在這鄉下地方，虔誠的教友們仍然堅信，嬝嬝的香煙仍是禱告意向上達天聽的最佳方法。

這個小小的腹地和山路之間有著大約十來公尺的落差，為了安全的考量也為了整體的美麗氛圍，在面對山路的這一邊，築了一堵洗石子築成的圍牆。五十年來，風拂雨催，看起來像是在圍牆上塗上一層用古老歲月所焠鍊的漆汁，那是一種見證過往歲月的滄桑色調。

而，那枝花姿招展的紅杏，就是這般不甘寂寞地從這堵圍牆間探出頭來招惹寶琴老師的「關愛的眼神」。

「不是只有一枝呦，而是一大叢、一大叢地開，只是大都含苞待放，只有出牆的那一枝開得最艷。」

所以他們決定今天的賞花之旅就在風光明媚的「聖母洞」。

點了點人頭，一頭都不少。全員九名到齊，九條好漢在一班。

九條好漢各有不同的成長情事，但卻也有共同的相似處，其中最大的共同點是他們都領有一張身心障礙手冊。而手冊上註明這九條好漢都是多重障礙極重度的寶貝。多重障礙，表示障礙至少兩種以上，就像這裏的寶貝，除了智力明顯低下之外，通常都伴隨有肢體上的障礙，也有人的障礙是全面性的；所以肚子餓了，如果你不拿東西給他吃，他也不會向你要；嘴巴渴了，如果你不拿水給他喝，他也不會向你討；大便在褲子裏了，如果不是你嗅出他已經成為方圓百里之內最有「味道」的人兒，恐怕他仍須繼續努力以吸引逐臭之夫的解圍。

九條好漢當中有六人眼睛是看不見的，而今天他們要到花園去欣賞嬌豔欲滴的花顏。

九部輪椅一路浩浩蕩蕩地向前滾動，為了展現跟得上時代的脈動，並體驗「當代校外生活」，三個老師一時之間都成了人體彩繪大師，在每條好漢的胳臂、額頭、紅頰上，用市面上最流行的人體彩繪顏料，不只「刺龍」又「刺鳳」，連哈利波特的閃電標記都彷彿能呼風喚雨地在額頭上閃著耀眼的金光。

九部輪椅埃著圍牆一字排開。春光展現它的媚力在每個人的臉上漾出不同的風采。

說他們真能領略春花之美，欣賞百花之姿，或許純為旁觀者的觀感罷了。但畢竟這裡有春風吹佛，有春陽照耀，有光影搖曳，有雀鳥爭相鼓噪，至少有別於擁擠的斗室吧。

所以這九條好漢當中雖有六條好漢的眼睛是「目中無人」，但老師們仍然相信春陽會輕咬他們的肌膚，春光和花香會帶給他們體驗春日的柔和之美。

而那枝出牆的紅杏實在是太美了，所以若語老師忍不住信手拈來。出牆紅杏自此落入愛花人手中。也許這是對的，有花堪折直須折嘛！

事情在此之前都還是花田美事，但就在老師逐一讓好漢們與花兒一親芳澤的同時，發生了一點小意外；那個眼睛啵亮的小美女一個眼明手快，就「辣手摧花」了（小美女可是那三個看得見的，而且視野廣度及清晰度都最佳的那一個寶貝。）她把若語老師剛摘下來的花兒在一秒鐘之內揉成百之百純花露。鮮紅的汁液塗滿了掌心，彷彿花兒哭泣的淚滴。

至此事件的主角浮現，綽號「少男殺手」的英英，七歲進入機構的日托班就讀，十歲轉入住宿區，到今年夏天剛好住滿五年。沒有口語表達能力、不會走路、大小便無法自理、不會自己吃飯，但她卻有項「超能力」；只要讓她手到擒來的東西必定咬到稀爛為止。所以在她所到之處或輪椅週圍數公尺之內，決不可有「閒雜人等」，否則她可是見一個咬一個，從不曾「失口」過。

問題不在於她是個「辣手摧花」的兇手。

可怕的是三分鐘之後，靜君老師大叫一聲：「小美女的眼睛怎麼紅紅的？」這一驚非同小可；小美女的父母親，這裏所有的老師們都見（識）過。

小美女的父母是全中心出了名的家長；非常關心小美女在這裏的生活品質。

對於機構所提供的服務表示感謝，但卻仍有很多疑惑存在他們夫妻倆的心中而耿耿於懷；比如說他們就是無法理解為什麼每次他們來探望時都見工作人員在餵別人吃飯，從不見有人餵他的孩子，「是不是我的孩子總是最後一個餵？」

「為什麼我的孩子總和別人保持一大段距離，『離群索居』，孤孤獨獨地，整天都在那裡坐著？」

「為什麼這裏要規定每個月要來探視乙次，簡直是強人所難。」

「為什麼一點點發燒就要通知家長，那護理師都是做些什麼事？應該可以先作觀察呀！真的不行再通知家長嘛！我們都要賺錢繳費給您們耶！那裏有那個美國時間可以隨傳隨到？」

「我在懷疑這裡是不是有人享有特權，要不然為什麼只有『某人』的床頭有收音機，我的孩子的床頭卻空無一物？」

「為什麼不常常安排帶他們出去遊玩？我想就是因為太少安排到戶外呼吸新鮮空氣才會悶出毛病來。」

「為什麼不會早點通知家長說孩子病了，那我們就可以早點帶去給醫生看，不要拖到醫生一見面就說非住院不可。我不知道你們的工作人員都在做什麼？」

五年來有太多次的經驗讓這三個人不知如何是好。

三個老師思索著要不要通知他的父母。

通知與不通知，陷於兩難。

若語老師用濕毛巾輕輕擦拭小美女的臉龐和眼皮，仔細觀察小美女的眼睛；比五分鐘前腫。

三人合掌呼求聖母瑪莉亞、耶穌基督和阿彌陀佛。

決定通知小美女的父母。否則如果情況繼續惡化，傷及眼球，其後果是無人能擔。

但見寶琴老師又一憂心：「看起來像是輕微花粉過敏，也許等一下就消褪了，如果小美女的父母倉恍趕到，看到小美女一點事兒也沒有，其後果亦是可想而知……。」

三人又合掌呼求聖母瑪莉亞、耶穌基督和阿彌陀佛。

十分鐘後，小美女的下眼瞼處開始有些充血。也許聖母瑪莉亞、耶穌基督和阿彌陀佛都暫時忙著垂聽別人的禱告，未能及時處理這三人的禱告意向罷。

三人商議結果決定通知小美女的父母，並依「意外事件處理程序」向行政單位請求支援。在這同時行政室已火速安排就醫事宜並通知小美女的父母。

手機都在關機狀態。留言，請求回覆。

好在醫生說只是輕微的花粉過敏，內服外擦，裏外兼攻，問題不大。

三人都覺得鬆了一口氣，因為幾天後小美女就能恢復啵亮的眼睛。

不知小美女的父母是聽到手機留言或恰巧思女心切，兩天後的週末翩然來到。

眼見愛女眼皮紅腫，眼角依然充血，其怒氣可想而知。

「為什麼這麼嚴重的意外事件都沒有連絡家長？」

「為什麼老師會不知道有很多孩子會對花粉過敏？」

「為什麼你們老愛拿我的小孩當實驗品？」

「為什麼別人都沒事，只有我的小孩受害？」

「為什麼看到路邊的野花要亂採……？」

想起小美女父母的疑惑，對照花園中的百花，也許只有「花容失色」差可比擬三人的面容。

好在幾天後小美女又恢復「眼明手快」的可愛模樣。

思前想後這件公案，這到底該算誰的錯呢？

嗯，就是它；那枝出牆的紅杏。

唉！誰教紅杏出牆來！

明日烏雲

離開采雲那間熱烘烘的家，我們忽然覺得心裏起了寒顫，一朵烏雲罩在上空，好像隨時都會下雨。

農曆七月，氣溫炙熱難擋。

好在再熬個幾天就放暑假了。

也許那邊涼快就該閃到那邊去；我的意思是說棲蘭山莊和太平山莊都會是個避暑度假的好地方。

而現在這幾天，是下學期的準備週。趁著學生們都已經先放暑假了，老師們才有時間真正坐下來，心無旁騖地計畫一些關於下學期的課程。除了課程的討論和安排，「家庭訪視」是這幾天的重頭戲。在每年的「家庭訪視」例行工作中，它佔有兩個工作天。

在這個啟智中心，通常是三個老師經營一個班級。因為大都是重度障礙的學生，所以十個學生，就有大約十台輪椅在一個教室裏各佔一席之地。

在我所負責的這個班級裏，共有八個學生，分成兩天跑，今天要跑四個點。我是當然的司機員。

曲曲折折的鄉間產業道路像九彎十八拐一般，一拐拐進一座三合院的院落。第一站來到寶宏家。看起來像是廢棄的院落，其實還是有人住著。但寶宏的家是三合院旁的違建鐵皮屋。我猜在寶宏家未住進之前，它應該是座放雜物的倉庫。而我果然沒有猜錯，寶宏的爸爸告訴我們，三年前他與妻子離婚，房子也賣了，到處找房子住，他的朋友把這間倉庫空出來，三千元一個月，他租下了這間「匡金又包銀」的鐵皮屋。房子其實不大，簡單用夾板隔了兩個房間之後就只剩下一個小客廳和兩坪大的廚房。靠近客廳這一間房間是寶宏的姐姐采雲的房間，看起來還算乾淨整齊，有幾隻粉紅色的布偶靜靜地躺在一隅。我們幾個參觀過她房間的人都誇她房間收拾得很整齊，她高興得合不攏嘴。

采雲自從縣內特殊學校畢業後就賦閒在家，她的爸爸尚未拿定主意讓她做什麼。我看到牆上掛了許多啟智學校發給她的「獎狀」，在啟智學校，她算起來也是「成績優異」的一員。因為寶宏所就讀的啟智中心所收的學生大都是重度及極重度的孩子，所以像采雲這樣智能障礙輕度、沒有肢體障礙的學生，大都就讀一般學校的啟智班，等到國中啟智班畢業了就直升啟智學校高職部就讀。采雲就這樣一路讀到高職部畢業。

但現在賦閒在家。

采雲既不是我們的學生，也不是今天我們訪視的主角，但卻是我們同行三人一致的關注焦點。

七月的豔陽烤得我們一群人汗流浹背，電風扇裏吹出的是一團團的焚風，我們同行的伙伴都很懷疑，這樣的高溫，如何住人？這樣高溫的夜晚，如何入睡？

「有冷氣。」采雲很高興的告訴我們。

「只有一間房間有冷氣，你的房間會不會很熱？」

「她的房間太熱了，我叫她暫時過來跟弟弟睡同一間。」采雲的爸爸替采雲回答了我們的問話。

空氣暫時沉寂了一陣子。

事後證實在當下我們都很想說：采雲不只跟弟弟，也是跟爸爸睡在同一個房間呀！

離開采雲那間熱烘烘的家，我們忽然覺得心裏起了寒顫，一朵烏雲罩在上空，好像隨時都會下雨。

牡丹

一個被醫生判定為「植物人」的人在我面前嚎啕痛哭，那是怎樣的悽厲控訴，而我卻一點也幫不上她的忙……。

我想這一次，這個遠從義大利來的神父，真的敗給中華民國政府了！

往年，奉旨（中心的宗旨）行事的我，總能理直氣婉地告訴每一個新住民的監護人，除了平日的不定時探訪之外，最重要還是要牢牢記住契約上所載明的「春節返家條款」，所謂「春節返家條款」也就是說無論如何，每年的「春節」一定要將自己的親人接回家過年，而無論有什麼困難都要自己克服（這句話是神父說的，而且絕無轉寰餘地。）畢竟「過年」對中國人來說是十分重要的事；對長年旅居在外的旅人，祖國的泥土始終分泌難以抗拒的乳香。

這個「春節返家條款」一直持續進行著，雖然有些家長偶有怨言。

但事情到了今年春天，開始有些變化。一早行政會議的時候，行政組長首先發難，請示神父如何因應來自社會司的指示。組長報告來自內政部的規定：不得強迫家屬在春節期間一定要將親人接回，以避免因需返家探親而造成家人的困擾，也就是說家長若覺得有困難，是可以不將家人接回家過年的。

對於這樣的規定，神父覺得有些「晴天霹靂」，外表看起來和藹可親的的神父，一時之間不解中華民國政府為何要出此「下策」，乃指示「暫時按兵不動」，意思是說只要我們不要把公文的內容主動告知家長就好了，「家長那裏會知道那麼多？不要把一隻小老鼠想成一隻大象。」

但世事總難如人意，紙終究包不住「火」！一位平常「火氣」就很旺的家長，內線消息似乎很充足，就在中心接獲公文數天後，來到中心的辦公室，除了繳交積欠數月的費用，順便告知他已知道這個「好消息！」，還不忘告訴我們她的心底話：政府早該這麼做了。

白紙黑字，對於政府明訂的政策，神父一向不敢悖逆，更何況消息早已走漏。看來住宿組的同仁今年的年夜飯恐怕真的得在這裏圍爐了。

為了工作的安排及整體的考量，約在過年前兩個月的某一天，中心不得不將這個消息告知家長。

此後離春節的日子越近，中心也陸陸續續接到關心電話，絕大部份是通知行政部門：今年不方便接孩子（或爸媽）回家，因為……。意料中事，雖然無奈但未群情激憤。工作人員心裏早有準備，在等候班表的同時，早已用波霸奶茶為賭注：凡大年夜被排為值班者，須合資請喝波霸奶茶以資慶賀是也。

平日在中心住宿的住民約有四十人，今年過年留在中心過年的約有三十五人，絕大部份的人都因為無法用口語表達，所以對於他們內心世界的想法，外人是無從得知的。但在那個冷的教人直打寒顫的冬日午后，我見識到一個被醫生判定為「植物人」的牡丹阿姨所釋放出來的情感張力。

牡丹阿姨，三年前因多次中風導致全身癱瘓、意識不清。身心障礙手冊上載明為「植物人」。

育有三個兒子兩個女兒，共有五名子女。

牡丹阿姨住在這裏所應繳付的養護費由三個兒子平均分擔，但大都由大女兒負責去居中協調並「催收」月費。平日雖聽說偶有捲袖叫囂的戲碼，此外倒也相安無事。

牡丹阿姨住進這個養護中心三年，三年來從未見兒子媳婦來看她，倒是大女兒至少固定在每個月的繳費日來繳付費用並在床頭和牡丹阿姨說說話。

看不出來牡丹阿姨有什麼特別的表情，因為中風所引起的生理及心理上的不適讓牡丹阿姨不但全身癱瘓並且有口難言，臉部表情僵硬，有時真的無法看出她到底是高興還是生氣；總之，就是一個樣兒。

而那日的午后，我終於領悟到她是一座情感豐沛的活火山……。

電話是從樓下的行政室轉接上來的，是牡丹阿姨的大女兒打來的，她告訴工作人員今年的農曆年牡丹阿姨要留在這裏過年，不回家了。因為三個哥哥都表示無法接她回家，至於她和妹妹，「因為已經出嫁，家中都有公公婆婆要侍奉，所以也是不方便……」。

接下來我真是見識到前所未見的景象，牡丹阿姨幾近歇斯底裏的嚎叫，讓現場的工作人員都心有不忍。我猜牡丹阿姨從電話的對話裏，知道她今年的回鄉路萬山阻隔，雖然回鄉路只有二十分鐘車程。

一個被醫生判定為「植物人」的人在我面前嚎啕痛哭，那是怎樣的悽厲控訴，而我卻一點也幫不上她的忙……。

我忽然想起國中時期的那一個國文老師，他在講解唐詩時總是神采飛揚萬般陶醉；雖然那時候我們總認為他的表情真是夠了！

「國破山河在，城春草木深，感時花濺淚，恨別鳥驚心……」

我看見一朵濺淚的牡丹，就在我的眼前。

我不喜歡這樣的唐詩，因為真實得教人心痛。

一個教外人眼中的天主堂

在我看來，信仰不僅是她的止痛劑，同時更是她活命的泉源……。

在羅東，這不能不算是一個大教堂。歌德式的建築，宏偉的外觀，在藍藍晴空下，展現教堂應有的可親與靜瑟。

二十年前，我的一名堂姐在這裡舉行婚禮，從未進過教堂的我在婚禮的前一天興致高昂的參加了彩排，好笑的是典禮進行當中我翻來覆去手中的禮儀本，但總是在典禮進行至每一小段要結束時，我才十分驚喜的找到它的開頭。一場婚禮彌撒進行終了，我只記得為這場婚禮作見證的神父用外國人特有的聲調問新郎新娘：雙方是否願意承諾將來無論在任何情形下都願意一本初衷，深愛對方，一直到永遠……。

二十年前，我，二十歲不到，從來不知道「愛」是可以在眾人面前唱出來，也不知道感動的精靈竟如此神通廣大而又可惡的讓徹夜未眠的新娘子，花了幾個小時所精心描繪的面容在三十秒之內迅速遭到淚水的瓦解，臉上彩妝破壞殆盡！

二十年來，除了令人嚮往的結婚進行曲，我還參加了幾場令人哀傷的殯葬彌撒，場場令人肝腸寸斷！有一次是同事的兒子，十五啷噹歲，青春年少，在尚未學會操作方向盤的同時，卻教他的母親用柔腸吋斷的哀號聲遮蓋了殘喘未止的引擎聲。好在信仰給了這位母親活下去的力量，前幾日在世界病人日的活動當中，我看到她容光煥發的宣示她已經成為一名精力充沛的「聖母軍」，隨時準備為最需要的人服務。我知道在她心底最柔軟的位置已經找到一個最舒適的位置，讓她的寶貝兒子暫時停歇。在我看來，信仰不僅是她的止痛劑，同時更是她活命的泉源……。

你一定看過有這麼一組人，大部份是外國朋友，兩人一組，頭戴安全帽，腳蹬大鐵馬，大街小巷去尋找服務的的對象，傳播耶穌基督的思維及福音。他們更不厭其煩的為你解說，「沒有任何一種成功比家庭功能健全，家庭和諧來得更重要」。他們看起來又高又大。（不知道他們都是吃些什麼長大的，為什麼每個人都像大樹一樣高呢？）

我沒有很深入的了解摩門教與天主教的不同，但知道「領洗」的儀式，的確有著明顯的差異。據說摩門教在領洗禮進行時通常會有一個類似游泳池或大浴池裝備的「洗禮池」，領洗禮進行時，通常會注滿池水，並讓領洗者在授洗池裏喜淨過往的罪愆，同時藉著基督賜與的活泉力量，讓信德如活泉汩汩不絕……。

比起摩門教，天主教的「領洗」儀式有著完全不同的莊嚴氛圍。我知道每一位接受新洗禮者都會有一位代父或代母（較資深信仰生活者）的引領，好讓信仰生活更加活力充沛。我知道這樣的儀式代表著迎接另一種全然新生命的的誕生，難怪明明應該高興的場合卻也常常有人感動得涕淚縱橫呢！

那天參加世界病人日活動讓我有機會更進一步認識天主堂；除了迎接新的生命（領洗代表著信仰生活的新生），也藉著殯葬禮儀接納了亡者，指引了亡者，就某種層面來說，藉著天主的愛讓生者十分放心地相信他的親人已安然到天國，永享永生。

除了生與死，生命中的經歷自然不會如此簡單。很多人都會舉這樣的例子，說是每個人的生命歷程都像是一艘航行在天邊的船隻。船，遠在目力所窮之際航行，如果你是那個光著腳丫，有著愉悅心情，心中想著如何在浩瀚的沙灘上撿拾一顆世界上獨一無二的貝殼，好隨著紫色的相思信箇捎給遠方的心上人。那麼，我想憑你的眼力大概很難見到正遭遇狂風巨浪，搖搖欲墜的船帆，也很難聽得到站在船頭鬼哭神號的求救聲。

仔細想想，生命中的確有著太多太多的酸、甜、苦、辣…雖然這些調味料有些不是你喜歡的滋味，但有時候這些生活上的考驗卻也不是你所能選擇的，不過選擇獨自享受或與人分享，「自己」確有十足的決定權。我在一些機緣巧合下看到信仰堅定的人，好像將心門的鑰匙寄放在天主堂裡，天主堂似乎是一個既隱密又安全，同時也是一個值得全然信任的地方，當然更有一本葵花寶典——聖經，作為生活上的準繩和規範，時時恭讀不僅能使人更謙卑，更讓人對萬事萬物充滿感恩。

這是我認識的天主堂，有對新生命的雀悅，有對逝者的懷念，包容著生命的來來去去，包容著暫時的迷失與永恆的誤解。在羅東，北成天主堂不可不謂是一座大教堂，祂或許年邁，祂或許老舊，但祂仍日日迎接朝露與夕陽，也不拒絕偶而造訪的狂風與驟雨，祂，北成天主堂，一座歌德式的建築，一座老舊的教堂，在藍藍晴空下，展現教堂應有的可親與靜瑟。

肉筍的滋味

阿龍再次從廚房出來的時候，飯碗裏多了幾塊魯肉，肉裏還有蠕蠕而行的「肉筍」，月娥仔低聲責罵他不孝，阿龍卻笑眯眯的說：「你知啥？肉筍營養好滋味。」

自從去年中元節的法會上，道士在眾人的監視之下，用聖杯選出今年的「爐主」和「頭家」的名單之後，金花仔就到處留意大豬公的豬胚仔了。

「攏總有二十八主咧。老大公主意要給咱們做爐主，實在真歡喜。」火木仔顯得很高興。

「大豬要先飼，不要專吃飼料，咱們菜園仔的蕃藷葉仔都發得很旺，可以混著吃，到明年五、六月應該就很粗了。雞和鴨等過年後再打算。」金花仔也顯得非常高興。

在這個莊頭，金花仔飼豬的功夫是沒人能比的。若要認真討論起金花仔飼豬的功夫，那可要從她背上高高隆起的龜山島說起；那時候金花仔才十八歲，金花仔的後頭厝雖然不是有錢人，但吃穿倒是不用操煩，嫁到火木仔的厝內才知道什麼叫甘苦。田地雖有一甲，但年年遇到歹年冬。金花仔剛嫁過來那一年飼了一隻豬，等豬養大了，叫人抓了去，回頭卻只剩一張豬頭皮、三斤網紗油，還有半臉盆的豬血。

「攏總才剩這些？」金花仔用懷疑的口吻問火木仔。

「不會騙咱們的啦！人家都記在壁頂的黑板上面，清清楚楚的，都有站日子，那一天賖三層肉，那一天扜豬油，攏總記得清清楚楚的啦！」

從那一次起，金花仔決定一次飼三隻豬。

金花仔每天踏著那輛二十八吋的腳踏車去羅東街仔收餿水，她用一隻扁擔橫在腳踏車後的鐵架上，一次可載兩桶。

「麵店仔的卡濁，民家的卡清。」所以金花仔總是費神的去央麵店老黃請他餿水一定要留給她收拾。

三隻豬飼大後出賣，其中一隻大豬的錢要抵三隻豬肧仔的債；那是當初和豬販仔講好的，先用賖的，等賣了大豬再用來抵豬債。而平時賖欠的豬肉、豬油，又抵了一隻大豬。但總算還有一隻大豬的錢可用來貼補家用，金花仔每次想到這裏就覺得心中滿是歡喜。

第二天金花仔又賖進三隻豬肧仔來飼。雖說餿水是用腳踏車載，但腳踏車卻無法將餿水桶直接載到厝前，因為路不平，所以從頭前厝彎進來的小路就要用挑的，第一次金花仔不信邪，到厝前才知道餿水只剩不到半桶，更淒慘的是第二天她挑了一整天的河水來洗淨路上的殘漬。

從此金花仔咬牙挑這一段路，背上的龜山島就是這樣慢慢浮起來的。

金花仔背上的龜山島和海上的那個龜山島一樣有名。

「親像那個龜山島。」火木仔總愛這麼說。

「真正有像龜山島？」金花仔聽火木仔這麼說，她也好奇地轉頭側身看著鏡中的身軀。

「真正有像龜山島！」金花仔看見鏡中的自己也忍不住笑了出來，平常只顧忍痛，不知道姿勢的重要，這下子隆起的背竟真的像極了龜山島；左背凸起的肉團有男人拳頭般大小，像龜山島的頭，右背隆起的肉團更大，可清楚的看到龍骨一節一節被拉歪的痕跡，活像一隻抬頭挺胸的大烏龜。

金花仔自從嫁到火木仔的厝內，眼一眨竟也五年了，眼看著厝邊隔壁麻油雞酒端來端去的，心內有時也真鬱卒。

「實在是沒法度啦！我也是不想要啊！就不知道怎麼會這樣，腳一跨過去就又有了，真沒法度啊！」隔壁鐵釘嬸總是有意沒意的炫耀著。

有時候金花仔看到鐵釘嬸左手抱一個右手牽一個，後面又跟著一群肉粽似的，從遠遠的地方往他家稻埕走過來時，她會趕緊躲到豬舍後面的麻竹欉，等鐵釘嬸喊累了轉頭走了她才慢慢的出現。有時候不死心的鐵釘嬸也會穿過陰暗的巷路，一直走到麻竹園來找她開講，這時候金花仔會假裝不知情，一邊撿著乾掉剝落的麻竹筍外皮，說是給大灶塞嘴坑用的。

有時候金花仔想自己的肚子真像是一個藥櫥。

「臭頭多藥啦！人家若報就吃啦！」隔壁村藥頭木的媳婦倒是很熱心，常常報藥方給金花仔抓藥吃，每次都說誰吃了有效，但金花仔再怎麼拼命灌也沒效。倒是肚子愈灌愈大。

「是不是有囝仔？」有時會有人隨口問問。

「那有那麼好康Ａ！大八肚桶啦。」

金花仔實在想不通，同一個老母生的，她的姐姐年頭一個年尾一個的，連生了七個，她卻半個都生不出來。跟姐姐商量的結果，最小的豬尾仔就過繼給她。從此金花仔也懶得再灌藥了。火木仔倒是生性樂觀，沒煩沒惱。伊從小隨人看地理，整天拿著羅庚到處跑，剛開始收入有限，但從隔壁村另一名地理師死後，他的生意就突然好了起來，安神位、安葬，他總是一手包辦，一只羅庚在他手裏轉來轉去，在陽光下常亮得刺人眼睛。

火木仔自從變成冬瓜山出名的地理師後，收入明顯增加了，沒幾年，鄰近田尾埤仔區那一甲地也被他吃下來了。火木仔想這麼好賺的工作當然要傳給他的兒子阿龍。火木仔說阿龍出世就有皇帝命，前裝金，後裝銀，兩顆目睭四處轉，不做也有得吃。火木仔和金花仔怎麼也想不到那一次的高燒卻把阿龍的頭殼燒壞掉。

那天像往常一樣，火木仔一大早就趕著和喪家的一群人到埔頂看地，金花仔想趁著阿龍熟睡時去羅東街仔收餿水，沒想到一回到家就感覺囝仔不對。

「額頭燒滾滾，兩邊親像紅龜粿。」金花仔心內暗暗吃驚。

「怎麼放到這麼燒？會死哦！」大胖通醫師倒不像在唬人。

「這症頭很要緊，明天還要再來。」護士吩咐著，醫生說很嚴重，藥只肯開一天份。

之後連續看了兩個禮拜，好像漸漸地不再乍冷乍熱了。金花仔和火木仔心肝總算涼了下來。可是他們也漸漸發覺阿龍好像變憨了。

「有好東西吃，他也不會來搶食了。」

到了入學年齡阿龍也天天背著書包去讀書。

「讀有讀無都不要緊，學卡乖就好。」金花仔拜託老師。

阿龍國小六年都拿第一名，老師說那要從後面算起比較快，沒給他辦落第就要偷笑了。

「讀那麼高有什麼用？阮厝內這個現在還不是在數枝仔冰。」那次去枝仔冰輝他家安神位，火木仔看到枝仔冰輝仔的兒子正低頭數著枝仔冰。

小學畢業後火木仔就將阿龍帶在身邊，傳授各種禮儀。

「很熱啦！我要返去啦！」常常還沒到埔頂，阿龍就轉頭下山了。火木仔實在一點辦法都沒有。

到了當兵年齡，村里幹事送來了調兵單。村里幹事問了一些瑣事，最後告訴金花仔：

「我替他申請國民兵啦！做幾個月就好了啦！很快活啦！免操的啦！」

阿龍果然很快就服完兵役。問他當兵滋味如何？他可神氣了。「很操咧。每天都一、二，一、二，阿兵哥，吃饅頭搵雞糕。」

退伍後金花仔說阿龍已經轉大人了，請媒人婆留意，若有適合的人選就給阿龍娶某。三日後媒人婆來探頭了。

「那個查某囝仔真乖，又純，沒地方找啦。」

相親那天只見她笑眯眯從廚房端茶出來，媒人婆直說她不好意思，一路由媒人婆扶著。席間都是媒人婆的節目；說得嘴角全是波。

「阿卿這個查某囝仔真乖，都不會像別人一樣到處串門子，以後一定很會持家。」媒人婆當著阿龍父母的面誇讚阿卿。

「真好，您阿卿仔若嫁過去一定會好命的啦！阿龍日後不用做也有得吃，水田有一、二甲咧！阿龍若撿到伊老爸的缺，一輩子都不用煩惱吃穿。」媒人婆刀削豆腐兩面光。

接著媒人婆催促著交換兩人的八字。回家後金花仔恭恭敬敬地將女方的八字壓在廳頭的佛祖香爐下。

「交給佛祖作主啦！」金花仔在神明和公媽爐各點了三枝香。

過了三天，媒人婆又來了，歡頭喜面的說雙方三日來都平安，表示這是一件好親事。

婚事在媒人婆的奔波下很快就完成了。新娘入門後，金花仔終於明瞭為什麼媒人婆這麼趕緊催促。

「阮兒子有憨證，阮媳婦也有憨證，攏總同款，攏不相欠啦。」、「龍交龍，鳳交鳳啦！唉。」火木仔附合著說。

隔莊的阿田嬸自從娶了媳婦之後，不論是平日的三餐還是種田割稻的五頓，做婆婆的只管動兩片嘴皮即可，而金花仔這個婆婆可跟別人不同；從媳婦進門的那一刻起，金花仔多了一項例行的工作，那就是每天在忙完瑣事之後，還要舀水替媳婦洗身軀，而月事期間更要時時替媳婦留意，是不是經血又沾污了衣褲。隔年立冬大孫阿昌仔順利出世。

「歹竹也會出好筍。」金花仔高興得逢人就說。

金花仔自己年輕時沒生半個囝仔，現在輪到替媳婦做月子倒忙得十分高興，天天都是麻油雞，天天讓她媳婦喝得不醒人事。

滿月這天金花仔更是一大早就起床；她在幾天前就和下厝的剃頭師父講定了今天剃髮的時間，說好九點到，金花仔五點不到就忙著煮紅蛋。等剃頭師父替金孫剃完頭髮後，金花仔連忙要火木仔抱金孫到厝前稻埕喊鵰鴞（老鷹），金花仔用老早就準備好的竹棒子用力的敲在泥地上，而剃頭師父也用熟練的腔調唱著：「鵰鴞飛上山，囝仔緊做官，鵰鴞飛高高，囝仔中狀元，鵰鴞飛低低，囝仔緊做父。」圍觀的人少不了一顆熱乎乎的紅蛋。

金花仔對媒人雖然氣歸氣，但滿月這天可也不失禮，謝媒禮有一隻土雞、一盤插有蓮蕉花的油飯和六瓶米酒。

緊接著未歇息地，阿卿仔又生了一男一女。金花仔常常跟鐵釘嬸說她忙得「連尿都沒空去放。」

直到孫子們統統都上小學，金花仔心想：「總算可以喘口氣了。」

最先上學的是金孫阿昌仔；三個孫子當中唯一頭殼沒壞掉的。後來相繼入學的小弟小妹都在入學後不久，老師就頻頻告知老人：「您孫攏總讀無半項。」讓金花仔傷透腦筋。

好在三十年前村裏發生大洪水，村裏的人在半夜裏被迫「爬」到山上避難，那時有一群「阿督仔」神父殺豬宰羊，提供食宿讓村民渡過水患，後來有一部份的人，都信靠了這群阿督仔神父。那時候生活清苦，神父總不忘了在彌撒結束後讓大家帶一包麵粉回家。村民常雙手恭敬的捧著麵粉，心中無限感恩上帝。三十年後，金花仔的孫子在小學老師說：「攏讀無冊。」後，進入神父創辦的啟智中心。學校每天派車去接倆兄妹，中午則在學校吃午餐。金花仔不知道其實是神父特別叫人替他倆準備午餐，那是因為老師曾向神父報告：「有時早上帶來的便當裏，有米色的小蟲蠕蠕而行，帶有酸味的飯菜常令人作嘔……」從此兄妹倆便不再帶便當上學了。

金花仔現在要站直身軀都顯得十分吃力，前年發覺身上長了不知名的疔仔，疼痛難當，穿在身上的衣服常常被疔仔所滲出來的血水浸溼黏在身上，每換一次衣服就像脫一層皮。後來金花仔乾脆不穿衣服，任由兩個老奶脯在胸前無力的垂著。以前曾聽人說過若給皮蛇纏身準死無疑，金花仔想自己已經無法再拖了。趁著眼睛未閉上之前賣了一塊水田，剛好足夠蓋兩間平房；「兩個查脯孫一人一間，查某囝仔，過幾年就要嫁人作某了」，「嫁雞隨雞飛，嫁狗隨狗走，查某囝仔攏總是菜籽命啦！」

新屋終於落成。

「像鳥兒有一個巢，透風落雨，就不怕淋溼了。」金花仔總是這樣想。

過了不久，金花仔真的倒下了。她的老伴火木倒比她幸福多了。他比金花仔早幾個月進來安養院，吃喝穿脫都有人服侍，氣色看起來比在家裏還好，見到金花仔的時候還頻問旁人：「這個查某人住在那裏？看起來好像很面熟咧。」她的老伴火木仔得了老人失智症。

「這一次我看是沒法度了！老師，你給我拜託拜託，你就千萬要交待他，不可與他妹妹『睏』啊！我就要死了，我最煩惱這個呢！過兩天是五月節，你叫阮媳婦拿兩個肉粽來給我吃好嗎？」這是金花仔第一次住院，也是最後一次。

安養院就在啟智中心附近，走路大約五分鐘路程，每隔幾天，老師會帶著她的金孫去看她，精神好時，金花仔會一句一句地問著家裏的情形：「媽媽有煮飯？爸爸有去撿字紙？家裏的稻子割了沒？」她的兩個孫子總是一直笑著，那個笑容和她媳婦卿仔的笑容很像，沒像免錢。

金花仔在安養院熬過了端午。鐵釘嬸替她去「冬瓜」（卜卦店店名）那裏卜了一卦，說脫得過這端陽節氣，仍要留意鬼月的群魔糾葛。這期間，金花仔的大孫阿昌仔有時去看看巡巡，金花仔在口袋裏預藏的手尾錢總是不翼而飛。手指上的三只黃金戒，只剩一只焊死無法脫下的長壽戒。

七月的鬼門一開，金花仔就穿戴整齊，準備要回家了。神父在病床前為她作最後一場傅油聖事，神父握著金花仔的雙手，不時對她說：「放心吧！要將一切都放下。」

回到家的時候，金花仔仍大口喘息著。救護車雖然沒有號叫，但不到幾分鐘仍引來一群蒼蠅似的人群在稻埕上聚集著。廟公不久也趕到，看起來有些焦急，他說中元節就快到了，很多事都等著由爐主來發落，丁仔錢也要開始收了，每年這時候前金都給道士了。最後廟公綜合大家的意見，決定晚上召開臨時會議，在眾多頭家當中再擲聖杯決定替代爐主的人選，若金花仔脫得中元這關，明年爐主還是火木仔。

等廟公一離開，眾人的話題隨即轉到金花仔的後事。

「趁大家都在，大家替她主意一下。」說話的人是鄰長，他知道這件事他鐵定得插上一腳，趁厝邊隔壁都在，聽聽眾人的意見，以後較無長短腳話。

「不知有無交待不要用燒的？若我以後死了，我是不要用燒的。」鐵釘嬸仔忽然蹦出這句話，隨即用眼睛瞄瞄阿龍。

「你阿母有交待嗎？阿龍？」添財叔仔接著說。

「有哦，阮阿伯（阿爸）都交待好了，在埔頂那兒有插一枝紅旗的地方，阮阿伯叫我不能忘記。」阿龍喜滋滋的說著，顯然對自己的表現很滿意。

「要作法事嗎？還是叫神父作彌撒就好了？」鄰長發言。

「大七要做啦！小七仔叫道士來唸唸就好了啦。」這次是闊嘴嬸說話。

「我看是不要吧！到時候阿卿仔會照三頓端飯給她婆婆吃？」說到這裏大家都笑了出來。

「我看就一起給她變紅啦。」圳木嬸更乾脆。

「好啦，大七、小七、百日、對年、三年，攏總作一次做啦。」大家似乎都同意這樣的作法。

「好啦！好啦！不然天天要點燭燒香也很危險。」離金花仔的家最靠近的月娥仔最煩惱房子被燒了。

「阿龍，大家替你這樣主意，你看好嗎？」鄰長向阿龍徵詢意見。

「阮阿母說死了就不知了了，隨人家怎麼弄都好啦。」阿龍笑眯眯地的答應鄰長的問話。

「那就這樣講定，月娥仔，你這些天卡骨力來這裏走走，若有需要趕緊通知我。」鄰長吩咐著月娥仔。

金花仔看起來仍有氣息。稻埕上的人群慢慢散去。

不知過了多久，阿龍大聲叫喚月娥仔前來：「阮老母不知什麼時候沒喘氣了咧。」

金花仔真的走了。躺在草蓆裏的金花仔臉色十分慘白，一張嘴巴微微張著，露出兩排金銀相雜的假牙，好像還有事情未交待清楚。

稻埕上又聚集了一群人，鄰長開始聯絡道士來頌腳尾經了。月娥仔喚阿龍去洗米煮飯，好給金花仔捧腳尾飯。阿龍答說鍋裏還有飯菜，月娥要他再去煮一個鴨蛋，他說不用那麼麻煩，鍋裏還有魯肉。

阿龍再次從廚房出來的時候，飯碗裏多了幾塊魯肉，肉裏還有蠕蠕而行的「肉筍」，月娥仔低聲責罵他不孝，阿龍卻笑眯眯的說：「你知啥？肉筍營養好滋味。」

把那些比較漂亮的作品，掛起來！

這些所謂的「比較漂亮的作品」，標準果然十分「個人觀點」全然由老師訂定，依此標準，現今許多的「後現代主義」作品大概都無緣貼在這個作品欄中亮相，因為那全不合這位老師的胃口。

這是一所走傳統主題教學的幼稚園，因為有一名輕度智能障礙的幼兒轉介到這個班級來「融合」，因此我有了探訪的機會。

看得出來今天的美勞活動與主題有絕對的相關。全班幼兒在老師的指導下，完成了自己的作品。老師遞給我一疊作品，請我協助用膠水將作品貼在作品牆上。

我很快就把作品貼完了，但卻發現仍然還有一個空位，就告知班級老師，這位老師馬上就回答我：「我來挑一張比較漂亮的。」

回到作品欄前，我算了算作品總數，果然不是所有的作品都能上版。我自己想了一想，這些所謂的「比較漂亮的作品」，標準果然十分「個人觀點」全然由老師訂定，依此標準，現今許多的「後現代主義」作品大概都無緣貼在這個作品欄中亮相，因為那全不合這位老師的胃口。

這個作品的發表方式的確與我的想法有些出入。我的想法是：想辦法讓全部作品都掛起來，如果空間不夠大，寧可分兩批或三批。總之，不管是不是真的漂亮，不是有句話是這麼說的嗎：入圍就是肯定嘛！

你覺得呢？

那一條古老的魚

我其實完全忘了「那條魚」的事。

「我想到那條魚，就是操場旁邊那條魚， 那是一條很古老很古老的魚，它叫作化石魚。你懂嗎？游老師？」

依照原已排定的日期，今天輪到我們這班到健康中心去做視力檢查。二、三十個學生一湧進健康中心就「站」滿了原就不太寬敞的空間。量身高、秤體重，緊接著做視力檢查…對於幼兒來說，每一樣都是新鮮有趣的，林老師和張老師各司其職；一個協助護士做各項檢查，一個負責記錄各項數據，幼兒則是嘰嘰喳喳嘻鬧個不停……。

天氣悶熱、空間又小，林老師要我負責接應完成檢查程序的幼兒，暫時待在操場邊的石椅上等待待檢查的同伴。一個一個幼兒從健檢中心走出來，最初安安靜靜的坐在椅子上，但隨著人數越來越多，安安靜靜坐在椅子上的耐心就越來越小。最後大家索性在沙石地上用樹枝畫起圖畫來了，一時之間操場邊多了許多個歐陽修呢！

陳泓權，全班公認的智多星，這時候從地上拿起一片三角型的破瓦片，像發現新大陸似地告訴我：「老師，你看，這是一條魚！不動的魚！」。這是一條魚？「說說看，為什麼你說這是一條魚？」我給他表達的機會。「因為它就是一條魚！不動的魚！」這是他唯一的答案。「是熱帶魚嗎？」我猜三角型像色彩斑爛的熱帶魚。「不是熱帶魚，但它就是一條魚！」他否決了我的猜測。我告訴他「那是瓦片，蓋房子用的東西，看起來像一條魚，但是，對不起，我不知道你說的是什麼樣的魚……」

第二天早上，智多星先生向我問過早安後告訴我一件事，「昨天晚上我要作夢前終於想到了」「想到什麼？」我其實完全忘了「那條魚」的事。「我想到那條魚，就是操場旁邊那條魚，那是一條很古老很古老的魚，它叫作化石魚。你懂嗎？游老師？」

我忽然覺得有一個槌子重重的落在我的頭上，槌子上綁了一張認字卡，字卡上寫著「頓悟」兩字。

「不動的魚、不動的魚」原來他就是要告訴我，他認為那是一條「化石魚」，不夠敏感的我低估了一個「考古學家」的學識，「有眼不識泰山」是我今天最該反省的地方。

火車火車不准開

站長看見我們一群人扛了四、五部輪椅，還有一大群走起路來「東倒西歪」的旅客走進大廳，竟「命令」火車等我們……。

小傑是班上背景較特別的孩子，父母離異，父親未再結婚，小傑從此成了阿嬤的「糖蔘丸子」。

每天早上，小傑總是單槍匹馬地跑進教室，若無特殊狀況，書包應該是掛在阿嬤肩上的。我之所以很快就注意到小傑是因為他總是主動來找我解決事情。剛開始引起我的注意是每當老師要全體幼兒坐在教室地板中間講解學習單或交待作業時，他總是很自然的坐在最外側，三分鐘之後就趁著老師不注意的時候很「熟練地」溜到桌子底下，等待被老師發現時，從桌子底下將他「拖」出來的重覆戲碼。

幾乎每一次的情形都相同，當老師講解完畢開始請大家動筆進行紙上作業的時候，他總是第一個將作業拿到老師的面前，「這要怎麼做，我不會啦！」

雖然老師會為他特別講解一次，但我發覺他也常常遭老師「提醒」：下次要專心一點，不要老是躲在桌子底下。我觀察其實這樣的「提醒」效果實在有限。我覺得他的專注力其實是夠的，因為他總是有辦法注意到什麼時候老師的眼光沒有停留在他身上，老師通常很難在第一時間發現他躦進桌子底下。

幾天之後，我發現一個有趣的現象；小傑的阿嬤真是個好學不倦的好學生。每天傍晚小傑的阿嬤總是準時出現在教室外等候小傑下課。小傑看到阿嬤的第一個反應就是快速跑到鞋櫃拿他的鞋子，接下來的動作就是坐在鞋櫃旁的椅子上，等待在教室內拿書包的阿嬤。總是同樣一句話：「這是要怎樣穿，我不會啦！」待阿嬤幫他穿好，他又一溜煙跑到阿嬤的停車處，留下正在認真問「回家作業怎麼做？」的阿嬤。

我發覺小傑並非全然不會，只是他處處都有阿嬤的幫忙。我向班級老師請教是否曾經和阿嬤溝通過，該給小傑更多「自己負責任」的機會？老師說：已經「說到不要再說了」，但情況還是沒有多少改善。

看到小傑讓我想到多年前，我在啟智中心工作時的經驗；有一次為了給孩子們乘坐火車的經驗，安排了一次短程的「火車之旅」，我們甚至提早半個小時到火車站。這是原先就安排好的活動：有些輕度的學生要負責買票，其他較重度的學生，他們的任務是看看「賣票、買票」是怎麼一回事就可以了。我們在小站上車，好笑的是，接下來的情況就非我們所能控制。原來當我們到達車站的時候，正好碰到站長，站長看到一下子有四、五部輪椅，還有一群走起路來「東倒西歪」的旅客，馬上露出慈詳的笑容問我們要去那裏「旅行」？隊員當中有人大聲說出目的地，這下子可不得了，站長馬上大喊：「火車在第三月台快要開走了。」雖然我們向他表明我們要搭的是半個鐘頭後的那班車，站長卻完全不理會我們，只見他拿起手中的對講機，發揮站長「運籌帷幄」的能力，不一會兒功夫，車站陷入一陣混亂，所有的站務人員和行政人員都快步跑來，幾個人一起扛輪椅從第一月台飛到第三月台，我們同時聽到站長透過對講機「命令」司機，「不可以準時開車，因為有一群很特別的旅客還沒上車」，我們幾個同行的伙伴們只有一個感覺：站長，我們真的敗給您了。

這一趟「火車之旅」嚴格說起來，算是失敗的，因為他們完全沒有機會「自己買票」，甚至連看看「售票台」長什麼樣子都沒機會「瞄」到。

那時候我只有一個想法：下一次若還有火車之旅，應該如何避免站長的過度幫忙。至於小傑，我想到的方法是：一個星期有五天，阿嬤共有十次背書包的機會，只要阿嬤幫小傑背書包的的情形不超過五次，他的金孫就能得到一輛拇指大的小汽車。那是小傑最喜歡蒐集的小玩具。

至於阿嬤會不會嫌麻煩而私下去買一整盒高級小汽車，那我就不得而知了。

老師，我不想吃「髒髒的飯」ㄟ！

老師，我就是不喜歡那個「什錦」ㄟ！我只喜歡吃「白飯」。

那是吸收「什錦滋味」的醬汁飯ㄟ，怎麼到了他的眼中成了一文不值的「髒髒的飯」了呢？

接近午餐時刻，餐廳內傳出陣陣飯菜香。待幼兒一一入座之後，問題來了：似乎有兩三名幼兒的湯匙，久久未將飯菜送入口中。看到別的幼兒已經吃了一大半，我不禁督促坐在我視線最近的小華趕快動口：「今天的什錦炒飯好好吃喔！你先吃一小口看看，阿姨煮得好香喔！」「老師，我就是不喜歡那個『什錦』ㄟ！我只喜歡吃『白飯』。」

白飯？色彩漂亮的綠豆仁、玉米粒、紅蘿蔔、細肉絲…看得我食指大動，但他卻覺得難以下嚥。幾番討價還價之後，他同意只吃「飯」，我想這樣總不致於餓肚子吧！

但問題又來了：老師，我是說「白飯」ㄟ！不是這樣「髒髒的飯」ㄟ！髒髒的飯？那是吸收「什錦滋味」的醬汁飯ㄟ，怎麼到了他的眼中成了一文不值的「髒髒的飯」了呢？這餐飯僵持到最後，他十分勉強地吃了三口「髒髒的飯」。

我在啟智機構工作了許多年，機構內的幼兒大多為極重度障礙兒，每到午餐時間，我總是習慣定量的將食物餵完，幼兒絕少拒絕（我想應是我沒能敏感的感知他們的拒絕意思），有時幼兒拒絕但也在我的「半推半就」下，吃完食物。這幾天在普幼的見習，讓我覺得「拒絕」也是一種了不起的能力，這提醒我在工作職場，要更敏銳的察覺特殊幼兒的「拒絕的能力」。

七十度C校車殺人事件簿

七十度的高溫，半熟的屍身，怎不令人心如刀割？

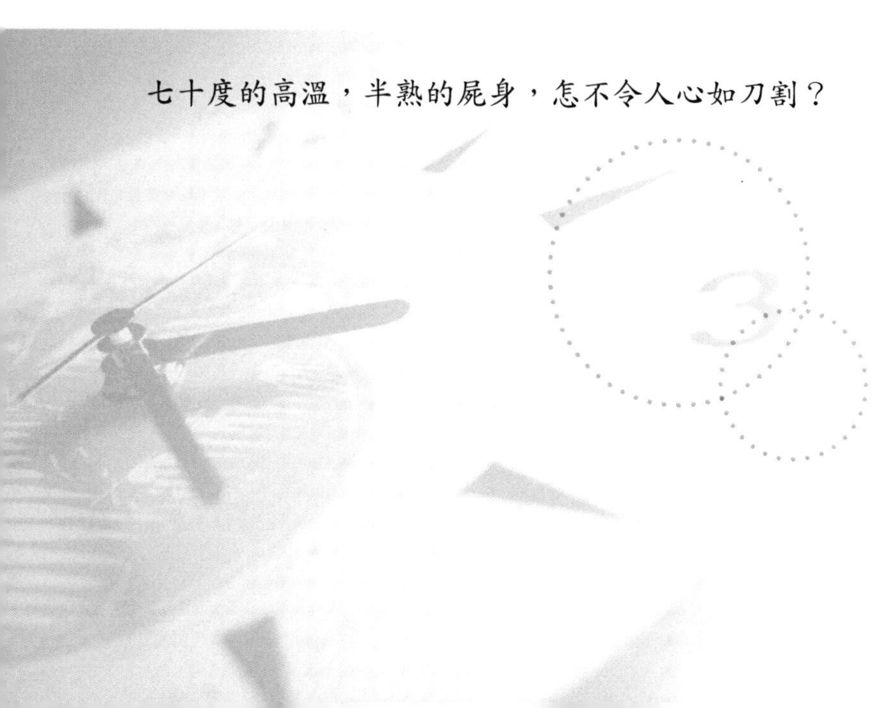

娃娃車悶死幼兒事件又再一次怵目驚心的出現在電視新聞上，根據調查顯示致命的原因是密閉的車內，七十度的高溫。事件發生時，園方稱男童在放學時間由老師帶上交通車，在等待車子啟動的時間內，男童不慎由座位上跌落到座椅底上，被他自己所戴的項鍊纏頸而亡。

人命關天，也許園方在這時慌了手腳，心裏想的就是如何讓這個生命的流逝，成為一個合理的意外。

雖然活蹦亂跳的幼兒已「死無對證」，但唯一值得欣慰的是科學的證據仍然代他說出實情；事實的情況是：這名幼兒未下車。有人懷疑幼兒「不乖」被暫時留在娃娃車上。

我的想法是：如果是第一種情況，也就是隨車老師未清點人數，那就是安全控管上的疏失。幼兒的行為有時候是超出大人的想像，如果剛好碰到幼兒將車椅底下當成他的異想世界，那麼如果隨車老師沒有在下車前清點人數，就有可能發生憾事。倘若因老師覺得幼兒在車上行為表現未符合老師的標準而加以暫時「隔離」以作為懲罰，那麼這樣的「暫時隔離」就有可能造成「永遠的訣別」了。幾年前我曾聽幼教同業轉述一件差點釀成憾事的「棉被櫥事件簿」，一名經驗豐富的老師在盛怒之下，竟將幼兒關在棉被櫥裏，以做為「不認真整理棉被」的處罰，事後一忙就忘了這件事，還好吃完點心，準備回家時，隨車的老師發現未見早上坐著校車來校的幼兒，這一問，倒問得級任老師熱汗直流，好在幼兒站累了竟在櫥櫃裏安然地做起春秋大夢來了，否則教師殺人事件簿恐怕又要添上一筆。

不管如何，接二連三的娃娃車悶死幼兒事件帶給我的是震撼般的警示。七十度的高溫，半熟的屍身，怎不令人心如刀割？

兔子與紅蘿蔔

這張學習單一但到了小華手裏，這群動物馬上不忌葷素；族群大融合在這張學習單上已儼然成型。

時間分分秒秒不停留，眼看著就要耽誤午餐時間，陳老師的口氣開始有些急；

「寫好的小朋友趕快拿來給我改……」

「張小華，快一點，全班就剩下你還沒寫好……」

「張小華，你都沒有注意聽我說話，小白兔只能吃紅蘿蔔，你怎麼讓牠去吃煎魚排和肉骨頭呢？」

又是張小華，我漸漸發現，每一次的學習單作業，在張小華身上最常出現的情形之一是：大家都完成了，他仍完成不到一半。另外還有一種情形就是：雖然完成了，卻錯得一蹋胡塗。

就像今天的學習單：小動物的迷津尋食圖——小白兔該去啃食牠的紅蘿蔔、小貓咪理當去享用牠的魚排大餐，而，忠心耿耿的狗兒大哥，美味可口的肉骨頭肯定讓牠恨不得想跳牆去搶食呢！可是這學習單一但到了小華手裏，這群動物馬上不忌葷素；族群大融合在這張學習單上已儼然成型。

這是我在許多托兒所和幼稚園所看到的共同問題：許多幼稚園和托兒所都訂購現成的教材，配合單元進行學習單的學習。我發現因為能與單元主題契合，而且學習單都設計得十分活潑有趣，再加上色彩鮮豔，幼兒十分喜歡。

但，我比較有疑問的是：全班都適用同一種學習單嗎？對於已經鑑定為發展遲緩或未經正式鑑定，但幼兒的表現已明顯有遲緩的現象，學習單是否應做適度的調整？

也許老師可以在小華面前示範如何帶小白兔去吃紅蘿蔔，帶貓咪去吃魚，再由小華想想看，該帶小狗去吃什麼？也許經過這樣的示範提示再加上簡化，就不致於搞到五胡亂華了。

我在想每個班級或多或少都有較特殊的孩子，「尊重他的慢步調」，並有計畫地提升他的能力，如此一來才能讓每個孩子都享有「成功」的經驗，否則他可能永遠都搞不清楚小白兔該吃什麼才對，這是我今天看到小華那一張「花花綠綠」的學習單的感想。

把右手舉起來——就是拿筷子那一隻手呀！

黃老師大聲告訴小齊：「把拿筷子那隻手舉起來，要記住拿筷子這隻手就是右手……」

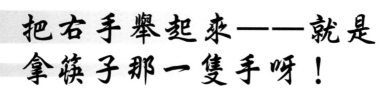

星期一早上最讓幼兒感到雀躍的事莫過於「教練」的到來。壯碩的身體、結實的肌肉，在幼兒的眼裏，簡直就是「超人」的代名詞。長期在太陽底下「薰陶」的膚色，讓這個有著潔白牙齒的體能教練在第一堂課就有了一個響叮噹的名字—黑人牙膏教練。

第一個勇於發問的是小文，一見到黑得發亮的教練，他開口就問：「教練，你是不是沒洗澡啊？要不然怎麼那麼黑？」這一下子，可不得了，全班二十幾個小毛頭笑得東倒西歪，讓平常在國小部上課的教練只有苦笑的表情，這時候我發現教練的牙齒真的很白。

比較尷尬的是班級老師，那個平日在教室就比較重視「常規」的老師，看到這一刻，真有些按耐不住，好在這時教練開始露出他潔白的牙齒，請小朋友聽口令並模仿他的動作，「請你跟我這樣做……」

果然不到三兩下，幼兒都跟著教練做著同樣的動作。接著教練繼續發號司令：請你舉起你的右手來，在空中畫五個圓圈圈，然後停下來……。

教練站在隊伍前方發號口令，班級老師自然成了助理教練，我看到小齊老是與搞不清楚該舉哪隻手才對，這時我看到黃老師大聲告訴小齊：「拿筷子那隻手舉起來，要記住拿筷子這隻手就是右手……」

中午吃飯的時候，我看到小齊，他拿著筷子那隻手——是左手。

西線無戰事

二十名隊員在場子裏你來我往地踢個不停，毫無方向感可言。更好笑的是雙方守門員常常處於「閒閒沒事做」的狀態，失神、挖鼻孔、在地上畫起圖來……各式各樣的花招不一而足……。

為了參加兩個星期後的「國稅杯」幼兒足球賽，從上個星期開始，每個星期有四天，每天有一個小時，所有的小選手都得參加「集訓」。

好在這個學校所附設的幼稚園班級數不算少，光是大班就有四個班級，教練在這四個班級當中仔細挑兵選將，終於很平均地每班選出五名。總共湊足二十名將士，正式成立「成功足球隊」。

要在三個星期之內將門外漢訓練成驍勇善戰的將士，老實說，我真的想知道教練的「魔咒」是什麼？

剛開始的第一週集訓，算是暖身活動吧！因為在這群新兵裏分不清楚足球和汽球有什麼不同的還大有人在呢！

直線踢球前進，當然只准用腳不准用手，雖然只是練習，尚用不到敵人來進攻，但圓不溜丟的球就已經讓雙足恨不得請雙手來幫忙治理這顆不聽使喚的「皮球」。光是想讓這個圓滾滾的小球乖乖地臣服於足下，就已經是讓這群小戰士們在初秋的早上，個個臭汗淋漓。

接下來是拋球練習，看看能不能找到天生的守門員。教練開出支票只要把前方十公尺處的標靶打倒就請他吃麥當勞的冰淇淋一球。雖然全隊無人能擊中標靶一根汗毛，但教練仍胸有成竹地選出了四名守門員。

教練將二十名隊員分成兩隊，清楚的告知各隊該將球往何處踢才能得分。

接下來可精彩了；二十名隊員在場子裏你來我往地踢個不停，毫無方向感可言。更好笑的是雙方守門員常常處於「閒閒沒事做」的狀態，失神、挖鼻孔、在地上畫起圖來……各式各樣的花招不一而足……總之，西線無戰事，閒著也是閒著。

緊張的其實是一群站在場外的觀眾，四個班級的老師（連我在內）站在場子外聲嘶力竭的喊叫，要將士們注意方向，不要努力將球踢進對方的得分區，老師們更擔心的是……萬一比賽那一天守門員的前方草地上出現一隻蚱蜢，不知道這守門員會守住敵方的球？還是稍縱即逝的草蜢呢？

今天不用尿尿啦！

老師，你說錯了，今天陳老師請假ㄟ，我們今天不用尿尿啦！每次陳老師請假我們都不用尿尿ㄟ，我真的沒騙你，要不然你去問吳老師！

這是一所歷史悠久的幼稚園，因為是公立學校人事穩定，因此老師的經驗及資歷也個個都讓人「嚇嚇叫！」，據人事部門的統計，在這個學校年資超過二十五年的老師竟超過一半以上。

有一天與家長聊天時更得知他們家一家好幾代都給同一個老師教到呢！認真說起來，這裏絕大部份的老師都有二十五年以上的同事情誼。論理說，長期下來這應該是一個有著絕佳默契的工作環境。

吳老師，在這所幼稚園的工作資歷算是中古偏資淺，總共服務了十七年。陳老師，可以算是這所幼稚園的開國元老級教師，在這所學校服務超過四十年又好幾個月，就是那個家長口中教過他家好幾代的資深老師。因為公立幼稚園每班編制有兩名員額，因此四十年來有不同的規則在運行，每一個校長都有不同的思維與理想，有的校長認為「默契好」的組合能營造良好的教學氣氛提供快樂的學習環境，因此偏向將「默契佳」的伙伴編為一組，共同經營一個班級。但有的校長則認為一切依輪調規則，換句話說每一個人都有機會共同合作，因為這樣的方式不只能讓默契佳的伙伴找到「志同道合」的伙伴，更能讓平日默契尚待「琢磨」的工作伙伴藉此自然的合作方式努力「謀合」。

陳老師四十年來歷經多任校長更替，不管什麼樣的編班規則她都經歷過，不能說是「逆來順受」但早已「老神在在」。今年和吳老師的組合是兩年前就決定的事，但開學前仍引同事的笑聲。發笑原因：她倆真是個典型的急驚風遇上慢郎中的組合，這到底會擦出什麼樣的火花？

陳老師是一個較重視「常規」、愛乾淨的老師，比較不能忍受「鬧哄哄」的教室情境，凡事都要依規則：蘋果應該塗紅色才對，葡萄該穿紫色的外衣才合道理……。吃完點心的碗，小朋友要先拿到水龍頭底下先沖一遍再放到待洗桶，未經沖水不能直接將碗放進待洗桶。吳老師則是一個較能忍受幼兒「發揮創意」的老師，允許幼兒在地板上漫無邊際的拼湊玩具，點心吃完還要讓幼兒先沖一次水，她認為其實沒有這個必要，可是她從從來沒有跟陳老師說她的想法。

兩位老師其實有許多不一樣的作法與想法，可是幾個月下來，卻能在一個班級並行，嚴格說起來她們有她們的默契存在，而且相安無事。

有一天陳老師請假，來了一個代課老師，午睡前代課老師告訴幼兒：每一個人都要先去尿尿才能鋪被子睡覺……。

這時候馬上有一張小嘴張口大叫：老師，你說錯了，今天陳老師請假ㄟ，我們不用尿尿啦！每次陳老師請假我們都不用尿尿ㄟ，我真的沒騙你，要不然你問吳老師！

誰最疼愛喜憨兒？

我看到他們的父母用顫抖的淚水在斑駁的臉上寫滿驚恐的狀詞……。

昨天晚上的電視新聞，最讓我關心的莫過於關於喜憨兒的新聞。

一位長相俊秀的男議員因為疼愛喜憨兒，「挺身而出」公開為喜憨兒所遭受的不平等待遇喊冤。他非常激動的指出，他所提供的數據與事實絕對真確——一大群在「喜憨兒麵包工作坊」工作的喜憨兒，時薪只有六十六元。依照這樣的算法，每個在喜憨兒基金會工作的喜憨兒無論再怎麼努力工作，每個人每個月的薪資最多也只有一萬出頭，議員說這樣的薪資連政府所訂的最低工資水準都不到，基金會簡直是虐待喜憨兒。

議員的「仗義直言」卻讓我差點將即將嚥下口的熱茶哽嗆；我所工作的的啟智中心平日也安排智障兒學習製作手工香皂，並且接受外界的零星訂單，但每個月給學生的薪資約在二仟元之譜。好在議員暫時沒有我們發放薪資的數據資料。

接下來的鏡頭我看到基金會執行長與議員的言辭辨論。

第三天中午的新聞我看到基金會火速宣佈：因訂單減少，許多捐款人表明不願再捐款，所以將陸續關閉全省二十幾個門市。因為實在是經營不下去了。

因為自己彷彿就是事件當中的配角——喜憨兒的老師，所以特別能「感同身受」，我在想也許在當下想要哭的人有好幾大卡車那麼多呢！當然首當其衝的就是這些忠心耿耿，工作從不偷懶（下雨天也照樣去澆花？）的喜憨兒們，真不知道工作坊關閉之後，每天早上他們將用什麼樣的心情來迎接日出與日落？

也許沒有人比喜憨兒的父母更能預測明日的景況，我看到他們用顫抖的淚水在斑駁的臉上寫滿驚恐的狀詞。

另外一方面我也想到，如果我工作的單位有一天也是如此地「迫不得已」而火速關閉，要哭的人恐怕除了家長之外還有像我這樣在第一線服務這些身心障礙兒童的教保員呢！（因為也要馬上跟著失業了）

有人認為基金會不該以喜憨兒的權益做為與議員抗辯的籌碼。事情發展到這裏，真讓我覺得難過。基金會和議員都是喜憨兒的守護者，但喜憨兒即將失去他們溫暖的家。

也許最後戲劇化收場，是這幾天來唯一令人振奮的消息；基金會的執行長在第四天的傍晚告訴我們，王品企業的公關部門主動與他們連繫，希望進一步瞭解可以如何幫助這些喜憨兒，讓他們能繼續到工作坊上班……。行政院長在稍後也公開說明；像喜憨兒基金會這樣的社會福利機構所提供的就業訓練工作是不適用最低工資的限制……。

到底誰比較愛喜憨兒？想到這裏我的肚子忽然覺得有點餓，也許該去吃客台塑牛排，等肚子填飽了，再思索答案所在。

一指禪

我在想，面對許傲不馴的潑猴，也許低眉菩薩遠比怒目金剛多些溫柔的法力吧！

一天早上，當我在案頭擺上一杯剛沏好的咖啡，等待著轉動的漩渦將奶香開開出一朵小白花的同時，我聽見小乖伯父的嘟噥聲。

「孫悟空的撒野功夫也許你無緣見識，但牠大鬧天宮的祕辛你總有聽聞吧！我家這一隻，一定是那隻投胎轉世的，我實在不知道上輩子跟他有多大的深仇大恨，這輩子才要這樣來還牠？」

不說倒還不覺得，經他阿伯的「指點」，忽然覺得小乖的行為舉止還真的矯健的不得了。

小乖伯父直指前世今生，彷彿今生的景況都是前世糾結的果。像小乖，他的伯父就覺得前世必定有虧於他，否則今世他們不會是伯侄關係，更不會到最後還成為小乖的「認養人」，過著天天與這冤親小債主相依為命的日子。

「老師，我感覺你都在說謊，你在聯絡簿上都說小乖會自己吃飯，這怎麼可能？他每一餐都嘛是我餵他，就連喝一口開水都是用他的『一指神功』，來達到目的，否則他寧願渴死也不願自己動手呀！我才不相信他會自己動手舀飯來吃。像今天早上，他就是要穿那一雙藍色的鞋子，就一直哭著耍賴，我真的快給他氣死，他又不是不知道那雙鞋剛剛給他尿得濕答答，你說它能穿嗎？」

看來阿伯快讓小乖煩到不行了。

小乖的「一指神功」果然了得！

想起小乖到這個班級來竟然也有三個年頭了。第一次見到小乖是在三年前的一個夏日午后，在縣政府一位社工員的陪伴下來到啟智中心，小乖躺在他伯母的懷裏，隨行還有他的阿伯。

社會局社工員向我們說明小乖的境遇；一個販毒爸爸和吸毒媽媽所共同擁有的「愛的結晶」，在尚未確定嬰兒的智力與健康是否無虞的疑惑中，一次貧賤夫妻的激烈爭吵中，小乖被他那剛吸完毒，神智不清的爸爸重重的摔下洩恨。他的父親因此入獄，母親則是逃之夭夭，自此也註定小乖與父母的情緣幻滅。

此事件曾躍上地方新聞的版面，社會局積極介入處理，阿伯不忍侄子由他人收養，因此挺身而出，成為小乖的「認養人」，小乖的伯母亦欣喜接納這個命運多舛的小生命。

小乖被安排做了一系列的醫療評估。不久之後我們看到了這份報告，資料顯示小乖的腦部因受重創，所以明顯出現障礙，不只智力的發展明顯比同年齡幼兒低下，而且還會不時出現抽慉的情形，需要靠藥物來控制癲癇的發作，以避免病情更加惡化。

由於小乖三年來只以牛奶為主食，所以身子顯得孱弱瘦小。那時候，老師在營養師的指導下，想盡辦法讓他嚐試除了牛奶以外的食物。但，他真是個擇「膳」固執的孩子。為了讓他喝第一口米湯，老師足足跟他耗了三個月。剛開始進行並不順利，小乖始終緊閉著他的雙唇，除非他確定那是柔軟的奶嘴。老師只能退而求其次，每天中午當他一邊在吸吮牛奶的同時，老師輕輕地將湯匙放在他的唇上，讓他習慣湯匙存在之必然。慢慢地，他也逐漸習慣讓老師用湯匙在唇上遊移滑動。

三個月後的某一天中午，當他吸完一整瓶牛奶，將奶嘴輕輕抽出時，老師趁勢輕輕將湯匙滑入他的口中，他竟也不哭。從那一次開始，他便一口一口喝下湯匙中的米湯，一個星期之後便能順利將一碗粥吃完。多樣的菜色豐潤了他的臉龐，每個月一次的量體重時間，小乖體重增加的數據，竟也成了老師下賭的密碼。

終於有足夠的力氣與勇氣讓雙腳著地前行，但除非有人在他的面前牽著他的雙手。

治療師與老師們的共同結論是：可以拜懸絲偶為師。

麗敏老師是車縫高手，依照眾人的意見製作了一條特別的懸絲衫，讓小乖可以「穿」在身上，兩條布條在肩膀上向上延伸，行進的時候由老師的手輕輕的提著，安其心而已。

果然不出所料，兩個星期後的一個早晨，小乖原本坐在椅子上等待老師為他穿上「懸絲衫」練習走路，但因臨時出了一個狀況；一個好不容易吃完一碗粥的小孩，因為用力咳嗽竟把剛吃下的食物全數吐出，濺得全身都是殘羹污漬。正當大伙兒忙著為他更換衣服，在這同時，老師們眼睜睜地看著小乖輕移蓮步，試著自己走起路來。不一會兒功夫，已見他在教室裏悠遊自在，完全不像是昨日的懸絲偶。

他的潛力尚不只如此，「一指神功」則是他發揮得最淋漓盡致的招式。他的阿伯說，在任何地方只要他一施展「一指神功」，簡直無敵不克。他若要喝飲料，只需要用他的「一指神功」指一指冰箱，你就「應該」知道他要喝飲料，你就應該

「馬上」從冰箱拿飲料給他喝，你若不從，再來的招式便是「哭功」，哭得你心情浮燥、心慌意亂、心猿意馬（很怕隔壁鄰居誤認為正在虐待孩子）、柔腸吋斷，於是小乖大獲全勝，從此「一指神功」所向無敵！

自從小乖開始吃粥以來，都是麗敏老師用湯匙餵他，一個月之後的綜合會議，與會的人都覺得小乖實在不應如此「好命」，衡量小乖的手部精細動作是否有能力自己使用湯匙吃飯？依據各項評估資料的結論是：是不為也，不是不能也。

於是麗敏老師又在眾人的指導之下製作了一個手部專用的T字帶，也就是說吃飯的時間讓他的小手借助T字帶的包縛，讓他的手與湯匙脫離不了關係。果然這個方法實施不久，有一天他又「故態復萌」，他又趁著老師們在忙別的事情時，「偷偷地」拿起他的湯匙，高高興興的吃了起來。T字帶，只用了一個星期。

相較於阿伯所說的「一指神功」的威力，我們倒是無緣領受。只是面對阿伯的當面質疑，老師們也覺得受到某種程度的傷害。

「難道每天的聯絡簿都是我們在編寫武俠小說嗎？如果小乖不是自己吃飯，我們怎麼有可能這樣寫。」看來麗敏老師真的動了真氣，只差沒在家長面前說出她的委曲。

我們決定就在今天中午用錄影機錄下小乖自己拿湯匙吃午飯的英姿。傍晚當阿伯來接小乖的時候，我們給阿伯看錄影帶，鏡頭裏，小乖自己從頭到尾將一碗飯吃得一乾二淨。阿伯看了之後，忽然發出一聲吼叫：「原來我被這隻猴崽子給耍了！」

我在想，面對詐傲不馴的潑猴，也許低眉菩薩遠比怒目金剛多些溫柔的法力吧！

所幸小乖在這裏碰到的都是慈眉善目的千手菩薩，所以縱使他有高強的「一指神功」，亦難翻越千手之壑，因此當然是英雄無用武之地了。

阿彌陀佛！

國家圖書館出版品預行編目

遇見天使在人間 / 游巧琳著. -- 一版. -- 臺北市：
秀威資訊科技, 2005〔民94〕
面； 公分. --（語言文學類；PG0077）

ISBN 986-7263-97-9（平裝）

855 94024164

語言文學類 PG0077

遇見天使在人間

作　　者 / 游巧琳
發 行 人 / 宋政坤
執行編輯 / 詹靚秋
圖文排版 / 劉逸倩
封面設計 / 羅季芬
數位轉譯 / 徐真玉　沈裕閔
圖書銷售 / 林怡君
法律顧問 / 毛國樑　律師
出版印製 / 秀威資訊科技股份有限公司
台北市內湖區瑞光路583巷25號1樓
電話：02-2657-9211　　傳真：02-2657-9106
E-mail：service@showwe.com.tw
經 銷 商 / 紅螞蟻圖書有限公司
台北市內湖區舊宗路二段121巷28、32號4樓
電話：02-2795-3656　　傳真：02-2795-4100
http://www.e-redant.com

2005 年 12 月　BOD 一版
2008 年 1 月　BOD 二版
定價：190 元

讀　者　回　函　卡

感謝您購買本書，為提升服務品質，煩請填寫以下問卷，收到您的寶貴意見後，我們會仔細收藏記錄並回贈紀念品，謝謝！

1.您購買的書名：＿＿＿＿＿＿＿＿＿＿＿＿＿＿＿＿

2.您從何得知本書的消息？

□網路書店　□部落格　□資料庫搜尋　□書訊　□電子報　□書店

□平面媒體　□ 朋友推薦　□網站推薦　□其他＿＿＿＿＿

3.您對本書的評價：(請填代號　1.非常滿意 2.滿意 3.尚可 4.再改進)

封面設計＿＿　版面編排＿＿　內容＿＿　文/譯筆＿＿　價格＿＿

4.讀完書後您覺得：

□很有收獲　□有收獲　□收獲不多　□沒收獲

5.您會推薦本書給朋友嗎？

□會　□不會，為什麼？＿＿＿＿＿＿＿＿＿＿＿＿＿＿＿＿＿＿

6.其他寶貴的意見：＿＿＿＿＿＿＿＿＿＿＿＿＿＿＿＿＿＿＿＿

＿＿＿＿＿＿＿＿＿＿＿＿＿＿＿＿＿＿＿＿＿＿＿＿＿＿＿＿

＿＿＿＿＿＿＿＿＿＿＿＿＿＿＿＿＿＿＿＿＿＿＿＿＿＿＿＿

＿＿＿＿＿＿＿＿＿＿＿＿＿＿＿＿＿＿＿＿＿＿＿＿＿＿＿＿

讀者基本資料

姓名：＿＿＿＿＿＿＿＿＿＿　年齡：＿＿＿　性別：□女　□男

聯絡電話：＿＿＿＿＿＿＿＿　E-mail：＿＿＿＿＿＿＿＿＿＿

地址：＿＿＿＿＿＿＿＿＿＿＿＿＿＿＿＿＿＿＿＿＿＿＿＿＿

學歷：□高中(含)以下　□高中　□專科學校　□大學

□研究所(含)以上　□其他＿＿＿＿＿＿＿

職業：□製造業　□金融業　□資訊業　□軍警　□傳播業　□自由業

□服務業　□公務員　□教職　□學生　□其他＿＿＿＿＿

請貼
郵票

To：114

台北市內湖區瑞光路 583 巷 25 號 1 樓

秀威資訊科技股份有限公司　　　收

寄件人姓名：

寄件人地址：□□□

(請沿線對摺寄回,謝謝!)

秀威與 BOD

BOD（Books On Demand）是數位出版的大趨勢，秀威資訊率先運用 POD 數位印刷設備來生產書籍，並提供作者全程數位出版服務，致使書籍產銷零庫存，知識傳承不絕版，目前已開闢以下書系：

一、BOD 學術著作—專業論述的閱讀延伸
二、BOD 個人著作—分享生命的心路歷程
三、BOD 旅遊著作—個人深度旅遊文學創作
四、BOD 大陸學者—大陸專業學者學術出版
五、POD 獨家經銷—數位產製的代發行書籍

BOD 秀威網路書店：www.showwe.com.tw
政府出版品網路書店：www.*gov*books.com.tw

永不絕版的故事・自己寫・永不休止的音符・自己唱